श्रीकृष्ण, बुद्ध, ईसा

और

मुहम्मद

श्रीकृष्ण, बुद्ध, ईसा और मुहम्मद

स्वामी विवेकानंद

प्रभात प्रकाशन

प्रकाशक
प्रभात प्रकाशन प्रा. लि.
4/19 आसफ अली रोड, नई दिल्ली–110002
फोन : 011–23289777 • हेल्पलाइन नं. : 7827007777
इ–मेल : prabhatbooks@gmail.com ❖ वेब ठिकाना : www.prabhatbooks.com

संस्करण
2025

पेपरबैक मूल्य
तीन सौ रुपए

मुद्रक
आर–टेक ऑफसेट प्रिंटर्स, दिल्ली

★

SRIKRISHNA, BUDDHA, YESHU AUR MUHAMMED
by Swami Vivekananda

Published by **PRABHAT PRAKASHAN PVT. LTD.**
4/19 Asaf Ali Road, New Delhi-110002

ISBN 978-93-5562-605-9

₹ 300.00 (PB)

पुस्तक परिचय

स्वामी विवेकानंद ने भारत में उस समय अवतार लिया, जब यहाँ हिंदू धर्म के अस्तित्व पर संकट के बादल मँडरा रहे थे। पंडित-पुरोहितों ने हिंदू धर्म को घोर आंडबरवादी और अंधविश्वासपूर्ण बना दिया था। ऐसे में स्वामी विवेकानंद ने हिंदू धर्म को एक पूर्ण पहचान प्रदान की। इसके पहले हिंदू धर्म विभिन्न छोटे-छोटे संप्रदायों में बँटा हुआ था। तीस वर्ष की आयु में स्वामी विवेकानंद ने शिकागो, अमेरिका में विश्व धर्म संसद् में हिंदू धर्म का प्रतिनिधित्व किया और इसे सार्वभौमिक पहचान दिलवाई।

गुरुदेव रवींद्रनाथ टैगोर ने एक बार कहा था, "यदि आप भारत को जानना चाहते हैं, तो विवेकानंद को पढ़िए। उनमें आप सबकुछ सकारात्मक ही पाएँगे, नकारात्मक कुछ भी नहीं।"

रोम्या रोलाँ ने उनके बारे में कहा था, "उनके द्वितीय होने की कल्पना करना भी असंभव है। वे जहाँ भी गए, सर्वप्रथम हुए' 'हर कोई उनमें अपने नेता का दिग्दर्शन करता। वे ईश्वर के प्रतिनिधि थे तथा सब पर प्रभुत्व प्राप्त कर लेना ही उनकी विशिष्टता थी। हिमालय प्रदेश में एक बार एक अनजान यात्री उन्हें देख, ठिठककर रुक गया और आश्चर्यपूर्वक चिल्ला उठा, "शिव!" यह ऐसा हुआ, मानो उस व्यक्ति के आराध्य देव ने अपना नाम उनके माथे पर लिख दिया हो।

उनतालीस वर्ष के संक्षिप्त जीवनकाल में स्वामी विवेकानंद जो काम कर गए, वे आने वाली अनेक शताब्दियों तक पीढ़ियों का मार्गदर्शन करते रहेंगे।

वे केवल संत ही नहीं थे, एक महान् देशभक्त, प्रखर वक्ता, ओजस्वी विचारक, रचनाधर्मी लेखक और करुण मानवप्रेमी भी थे। अमेरिका से लौटकर उन्होंने देशवासियों का आह्वान करते हुए कहा था, "नया भारत निकल पड़े मोची की दुकान से, भड़भूजे के भाड़ से, कारखाने से, हाट से, बाजार से; निकल पड़े झाड़ियों, जंगलों, पहाड़ों, पर्वतों से।"

और जनता ने स्वामीजी की पुकार का उत्तर दिया। वह गर्व के साथ निकल पड़ी। गांधीजी को आजादी की लड़ाई में जो जन-समर्थन मिला, वह विवेकानंद के आह्वान का ही फल था। इस प्रकार वे भारतीय स्वतंत्रता-संग्राम के भी एक प्रमुख प्रेरणा-स्रोत बने।

उनका विश्वास था कि पवित्र भारतवर्ष धर्म एवं दर्शन की पुण्यभूमि है। यहीं बड़े-बड़े महात्माओं तथा ऋषियों का जन्म हुआ, यही संन्यास एवं त्याग की भूमि है तथा यहीं—केवल यहीं आदिकाल से लेकर आज तक मनुष्य के लिए जीवन के सर्वोच्च आदर्श एवं मुक्ति का द्वार खुला हुआ है।

उनके कथन—"उठो, जागो, स्वयं जगकर औरों को जगाओ। अपने नर-जन्म को सफल करो और तब तक रुको नहीं, जब तक कि लक्ष्य प्राप्त न हो जाए।" पर अमल करके व्यक्ति अपना ही नहीं, सार्वभौमिक कल्याण कर सकता है। यही उनके प्रति हमारी सच्ची श्रद्धांजलि होगी।

प्रस्तुत पुस्तक 'कृष्ण, बुद्ध, ईसा और मुहम्मद' में स्वामीजी ने सरल शब्दों में इन स्तुत्य देवत्व प्राप्त महापुरुषों के व्यक्तित्व और उनकी शिक्षाओं की अनिर्वचनीय व्याख्या की है। एक अत्यंत प्रेरक और ओजपूर्ण पुस्तक, जो जीवन में दैविक आशा का संचार करती है।

अनुक्रम

श्रीकृष्ण

पहले अपने शास्त्रों के संबंध में हमें कुछ जान लेना चाहिए। हमारे शास्त्रों में सत्य के दो आदर्श हैं। पहला वह है, जिसे हम सनातन सत्य कहते हैं और दूसरा वह, जो पहले की तरह प्रामाणिक न होने पर भी विशेष, देश, काल और पात्र पर प्रयुज्य है। श्रुति अथवा वेदों में जीवात्मा और परमात्मा के स्वरूप का पारस्परिक संबंध वर्णित है। अस्पष्ट स्मृतियों में, याज्ञवल्क्यादि संहिताओं में, पुराणों और तंत्रों में दूसरे प्रकार का सत्य है। ये दूसरी कोटि के ग्रंथ और शिक्षाएँ श्रुति के अधीन हैं; क्योंकि स्मृति और श्रुति में यदि विरोध हो, तो श्रुति को ही प्रमाणस्वरूप ग्रहण करना होगा। शास्त्रसम्मति यही है। अभिप्राय यह कि श्रुति में जीवात्मा भी नियति और उनके चरम लक्ष्यविषयक मुख्य सिद्धांतों का वर्णन है; इनकी व्याख्या तथा विस्तार का काम स्मृतियों और पुराणों पर छोड़ दिया गया है—वे प्रथमोक्त सत्य के ही सविस्तार वर्णन हैं। साधारणतया मार्ग निर्देश के लिए श्रुति ही पर्याप्त है।

धार्मिक जीवन बिताने के लिए सार-सत्त्व के विषय में श्रुति के कहे उपदेशों से अधिक और कुछ नहीं कहा जा सकता है और न कुछ जानने की आवश्यकता ही है। इस विषय में जो कुछ आवश्यक है, वह श्रुति में है; केवल विशेष अवस्थाओं के विधान श्रुति में नहीं हैं। समय-समय पर स्मृतियों ने इनकी अवस्था दी है। श्रुति की एक अन्य विशेषता यह है कि अनेक महर्षियों ने श्रुति में विभिन्न सत्य संकलित किए हैं। इनके पुरुष अधिक है, किंतु कुछ महिलाएँ भी हैं। इनके व्यक्तिगत जीवन के संबंध में अथवा उनके जन्म-काल

आदि के विषय में हमें बहुत कम ज्ञान है, किंतु इनके सर्वोत्कृष्ट विचार, जिन्हें श्रेष्ठ आविष्कार कहना ही उपयुक्त होगा, हमारे देश के धर्म-साहित्य वेदों में लेखबद्ध और रक्षित हैं, पर स्मृतियों में ही हम अद्भुत, महाशक्तिशाली, प्रभावोत्पादक और संसार को हिलाने वाले व्यक्तियों का मानो सर्वप्रथम परिचय प्राप्त करते हैं। कभी-कभी उनके समुन्नत और उज्ज्वल चरित्र उनके उपदेशों से भी अधिक उत्कृष्ट जान पड़ते हैं।

हमारे धर्म में निर्गुण-सगुण ईश्वर की शिक्षा है, यह उनकी एक विशेषता है, जिसे हमें समझना चाहिए। उसमें व्यक्तिगत संबंधों से रहित अनंत सनातन सिद्धांतों के साथ-साथ असंख्य व्यक्तियों अर्थात् अवतारों के भी उपदेश हैं, परंतु श्रुति अथवा वेद ही हमारे धर्म के मूल स्रोत हैं, जो पूर्णतः अपौरुषेय हैं। बड़े-बड़े आचार्यों, बड़े-बड़े अवतारों और महर्षियों का उल्लेख स्मृतियों एवं पुराणों में है। ध्यान देने योग्य एक बात यह भी है कि केवल हमारे धर्म को छोड़कर संसार में प्रत्येक अन्य धर्म किसी धर्म-प्रवर्तक अथवा धर्म-प्रवर्तकों के जीवन से ही अविच्छिन्न रूप से संबद्ध है। ईसाई धर्म ईसा के, इसलाम धर्म मुहम्मद के, बौद्ध धर्म बुद्ध के, जैन धर्म जिनों के और अन्य धर्म अन्य व्यक्तियों के जीवन के ऊपर प्रतिष्ठित हैं, इसलिए इन महापुरुषों के जीवन के ऐतिहासिक प्रमाणों को लेकर उन धर्मों में जो अनेक वाद-विवाद होता है, वह स्वाभाविक है। यदि कभी इन प्राचीन महापुरुषों के अस्तित्वविषयक ऐतिहासिक प्रमाण दुर्बल होते हैं, तो उनकी धर्मरूपी अट्टालिका गिरकर चूर-चूर हो जाती है। हमारा धर्म व्यक्तिविशेष पर प्रतिष्ठित न होकर सनातन सिद्धांतों पर प्रतिष्ठित है। अतः हम उस विपत्ति से मुक्त हैं। किसी महापुरुष, यहाँ तक कि किसी

हमारे धर्म में निर्गुण-सगुण ईश्वर की शिक्षा है, यह उनकी एक विशेषता है, जिसे हमें समझना चाहिए। उसमें व्यक्तिगत संबंधों से रहित अनंत सनातन सिद्धांतों के साथ-साथ असंख्य व्यक्तियों अर्थात् अवतारों के भी उपदेश हैं, परंतु श्रुति अथवा वेद ही हमारे धर्म के मूल स्रोत हैं, जो पूर्णतः अपौरुषेय हैं।

अवतार के कथन को ही तुम अपना धर्म जानते हो, ऐसा नहीं है। कृष्ण के वचनों से वेदों की प्रामाणिकता सिद्ध नहीं होती, किंतु वे वेदों के अनुगामी हैं, इसी से कृष्ण के वे वाक्य प्रमाणस्वरूप हैं। कृष्ण वेदों के प्रमाण नहीं हैं, किंतु वेद ही कृष्ण के प्रमाण हैं। कृष्ण की महानता इस बात में है कि वेदों के जितने प्रचारक हुए हैं, उनमें सर्वश्रेष्ठ वे ही हैं। अन्य अवतार और समस्त महर्षियों के संबंध में भी ऐसा ही समझो। हमारा प्रथम सिद्धांत है कि मनुष्य की पूर्णता-प्राप्ति के लिए, उसकी मुक्ति के लिए जो कुछ आवश्यक है, उसका वर्णन वेदों में है। कोई और नया आविष्कार नहीं हो सकता। समस्त ज्ञान के चरम लक्ष्यस्वरूप पूर्ण एकत्व के आगे तुम कभी बढ़ नहीं सकते। इस पूर्ण एकत्व का आविष्कार बहुत पहले ही वेदों ने किया है; इससे अधिक अग्रसर होना असंभव है। 'तत्त्वमसि' का आविष्कार हुआ कि आध्यात्मिक ज्ञान संपूर्ण हो गया। यह 'तत्त्वमसि' वेदों में ही है। विभिन्न देश, काल, पात्र के अनुसार समय-समय की केवल लोकशिक्षा शेष रह गई। इस प्राचीन सनातन मार्ग में मनुष्यों का चलना ही शेष रह गया; इसीलिए समय-समय पर विभिन्न महापुरुषों और आचार्यों का अभ्युदय होता है। 'गीता' में श्रीकृष्ण की इस प्रसिद्ध वाणी के अतिरिक्त उस तत्त्व का वर्णन ऐसे सुंदर और स्पष्ट रूप से कहीं नहीं हुआ है—

यदा यदा हि धर्मस्य ग्लानिर्भवति भारत।
अभ्युत्थानमधर्मस्य तदात्मानं सृजाम्यहम्॥

'हे भारत, जब-जब धर्म की हानि और अधर्म की वृद्धि होती है, तब-तब मैं धर्म की रक्षा और अधर्म के नाश के लिए समय-समय पर अवतार ग्रहण करता हूँ।' यही भारतीय धारणा है। इससे निष्कर्ष क्या निकलता है ? एक ओर सनातन तत्त्व हैं, जो किसी प्रकार की युक्ति के ऊपर नहीं टिके हैं, जो बड़े-से-बड़े ऋषियों के अथवा तेजस्वी-से-तेजस्वी अवतारों के वाक्यों के ऊपर नहीं ठहरे हैं। यहाँ हमारा कहना है कि भारतीय विचारों की उक्त विशेषता के कारण हम वेदांत को ही संसार का एकमात्र वर्तमान सार्वभौम धर्म कहने का दावा कर सकते हैं और यह संसार का एकमात्र सर्वमान सार्वभौम धर्म है,

क्योंकि यह व्यक्तिविशेष के स्थान पर सिद्धांत की शिक्षा देता है। व्यक्तिविशेष के चलाए हुए धर्म को संसार की समग्र मानवजाति ग्रहण नहीं कर सकती। अपने ही देश में हम देखते हैं कि यहाँ कितने महापुरुष हो गए हैं?

हम एक छोटे से शहर में देखते हैं कि उस शहर के लोग अनेक व्यक्तियों को अपना आदर्श चुनते हैं। अतः समस्त संसार का एकमात्र आदर्श मुहम्मद, बुद्ध अथवा ईसा मसीह आदि, ऐसा कोई एक व्यक्ति किस प्रकार हो सकता है अथवा समस्त नैतिकता, आचरण, आध्यात्मिकता तथा धर्म का सत्य एक व्यक्ति, केवल एक व्यक्ति की अज्ञाप्ति पर किस प्रकार आधारित हो सकता है? वेदांत धर्म में इस प्रकार किसी व्यक्तिविशेष के वाक्यों को प्रमाण मान लेने की आवश्यकता नहीं। मनुष्य की सनातन प्रकृति ही इसका प्रमाण है। इसका आचार-शास्त्र मानव के सनातन आध्यात्मिक एकत्व पर प्रतिष्ठित है, जो चेष्टा द्वारा प्राप्त नहीं होता, किंतु पहले ही ये लब्ध हैं। दूसरी ओर हमारे ऋषियों ने अत्यंत प्राचीन काल से ही समझ लिया था कि मानव-जाति का अधिकांश किसी व्यक्तित्व पर निर्भर करता है। उनको किसी-न-किसी रूप में व्यक्तिविशेष ईश्वर अवश्य चाहिए। जिन बुद्धवेद ने व्यक्तिविशेष ईश्वर के विरुद्ध प्रचार किया था, उनके देहत्याग के पश्चात् पचास वर्ष में ही उनके शिष्यों ने इनको ईश्वर मान लिया, किंतु व्यक्तिविशेष ईश्वर की भी आवश्यकता है; और हम जानते हैं कि किसी व्यक्तिविशेष ईश्वर की वृथा कल्पना से बढ़कर जीवित ईश्वर इस लोक में समय-समय पर उत्पन्न होकर हम लोगों के साथ रहते भी हैं; जबकि काल्पनिक व्यक्तिविशेष ईश्वर तो सौ में निन्यानबे प्रतिशत उपासना के अयोग्य ही होते हैं। किसी प्रकार के काल्पनिक ईश्वर की अपेक्षा, अपनी काल्पनिक रचना की अपेक्षा, अर्थात्

जो चेष्टा द्वारा प्राप्त नहीं होता, किंतु पहले ही ये लब्ध हैं। दूसरी ओर हमारे ऋषियों ने अत्यंत प्राचीन काल से ही समझ लिया था कि मानव-जाति का अधिकांश किसी व्यक्तित्व पर निर्भर करता है। उनको किसी-न-किसी रूप में व्यक्तिविशेष ईश्वर अवश्य चाहिए।

ईश्वर संबंधी जो भी धारणा हम बना सकते हैं, उसकी अपेक्षा पूजा के अधिक योग्य हैं। ईश्वर के संबंध में हम लोग जो भी धारणा रख सकते हैं, उसकी अपेक्षा श्रीकृष्ण बहुत बड़े हैं। इसलिए सब प्रकार के काल्पनिक देवताओं को पदच्युत करके वे चिरकाल से मनुष्यों द्वारा पूजे जा रहे हैं।

हमारे ऋषि यह जानते थे, इसीलिए उन्होंने समस्त भारतवासियों के लिए इन महापुरुषों की, इन अवतारों की पूजा करने का मार्ग खोला है। इतना ही नहीं, जो हमारे सर्वश्रेष्ठ अवतार हैं, उन्होंने और भी आगे बढ़कर कहा है—

यक्षत् विभूतिमत् सत्त्वं श्रीमदर्जितमेव वा।
तत्तदेवावगच्छ त्वं मम तेजोऽशसंभवम्॥

'मनुष्यों में जहाँ अद्‌भुत आध्यात्मिक शक्ति का प्रकाश होता है, समझो, वहाँ मैं वर्तमान हूँ; मुझसे ही इस आध्यात्मिक शक्ति का प्रकाश होता है।'

यह हिंदुओं के लिए समस्त देशों के समस्त अवतारों की उपासना करने का द्वार खोल देता है। हिंदू किसी भी देश के किसी भी साधु-महात्मा की पूजा कर सकते हैं। हम बहुधा ईसाइयों के गिरजों और मुसलमानों की मसजिदों में जाकर उपासना भी करते हैं। यह अच्छा है। हम इस तरह उपासना क्यों न करें? मैंने पहले ही कहा है, हमारा धर्म सार्वभौम है। यह इतना उदार, इतना प्रशस्त है कि यह सब प्रकार के आदर्शों को आदरपूर्वक ग्रहण कर सकता है। संसार में धर्मों के जितने आदर्श हैं, उनको इसी समय ग्रहण किया जा सकता है और भविष्य में जो समस्त विभिन्न आदर्श होंगे, उनके लिए हम धैर्य के साथ प्रतीक्षा कर सकते हैं। उनको भी इसी प्रकार ग्रहण करना होगा। वेदांत धर्म ही अपनी विशाल भुजाओं को फैलाकर सबको हृदय से लगा लेगा।

> ***हिंदू किसी भी देश के किसी भी साधु-महात्मा की पूजा कर सकते हैं। हम बहुधा ईसाइयों के गिरजों और मुसलमानों की मसजिदों में जाकर उपासना भी करते हैं। यह अच्छा है। हम इस तरह उपासना क्यों न करें? मैंने पहले ही कहा है, हमारा धर्म सार्वभौम है।***

ईश्वर के अवतारस्वरूप महान् ऋषियों के संबंध में हमारी लगभग यही धारणा है। इनकी अपेक्षा एक प्रकार के नीचे दर्जे के

महापुरुष और हैं। वेदों में 'ऋषि' शब्द का उल्लेख बारंबार आया है। हमें इसका भाव समझना चाहिए। ऋषि का अर्थ है मंत्रद्रष्टा, अर्थात् जिसने किसी तत्त्व का दर्शन किया हो। अत्यंत प्राचीन काल से ही प्रश्न पूछा जाता है कि धर्म का प्रमाण क्या है? बाह्य इंद्रियों से धर्म की सत्यता प्रमाणित नहीं होती, यह अत्यंत प्राचीनकाल से ही ऋषियों ने कहा है—'यतो वाचो निवर्तन्ते अप्राप्त मनसा सह।' 'मन के सहित वाणी जिनको न पाकर जहाँ से लौट आती है।' 'न तत्र चक्षुर्गच्छति न वाग्गच्छति तो मनः।' 'जहाँ आँखों की पहुँच नहीं, जहाँ वाणी भी नहीं जा सकती और मन भी नहीं जा सकता।' युग-युग से यही घोषणा रही है। आत्मा का अस्तित्व, ईश्वर का अस्तित्व, अनंत जीवन, मनुष्यों का चरम लक्ष्य आदि प्रश्नों का उत्तर बाह्य प्रकृति नहीं दे सकेगी।

यह मन सदा परिवर्तनशील है। मानो यह सदा बहता जा रहा है। यह परिमित है, मानो इसके छोटे-छोटे टुकड़े कर दिए गए हैं। यह प्रकृति किस प्रकार उस अनंत, अपरिवर्तनशील, अखंड, अविभाज्य सनातन के विषय में कुछ कह सकती है? यह कदापि संभव नहीं।

यह मन सदा परिवर्तनशील है। मानो यह सदा बहता जा रहा है। यह परिमित है, मानो इसके छोटे-छोटे टुकड़े कर दिए गए हैं। यह प्रकृति किस प्रकार उस अनंत, अपरिवर्तनशील, अखंड, अविभाज्य सनातन के विषय में कुछ कह सकती है? यह कदापि संभव नहीं। इतिहास इसका साक्षी है कि चैतन्यहीन जड़ पदार्थ से इन प्रश्नों का उत्तर प्राप्त करने की मनुष्य जाति ने जब कभी वृथा चेष्टा की है, परिमाण कितना भयानक हुआ है? फिर वह वेदोक्त ज्ञान वहाँ से आया? ऋषि होने से यह ज्ञान प्राप्त होता है। यह ज्ञान इंद्रियों में नहीं है, पर क्या इंद्रियाँ ही मनुष्यों के लिए सबकुछ हैं? यह कहने का किसे साहस है कि इंद्रियाँ ही सारसर्वस्व हैं? हमारे जीवन में, हममें से प्रत्येक के जीवन में संभवतः जब हमारे सामने ही किसी प्रियजन की मृत्यु हो जाती है, इसमें शांति के क्षण आते हैं। अनेक दूसरे अवसरों पर ऐसा भी होता है कि मन स्थिर होकर क्षण भर के लिए अपने सच्चे स्वरूप का अनुभव करता है,

उस अनंत की झलक पा जाता है, जहाँ न मन की पहुँच है और न शब्दों की। साधारण जन के भी जीवन में ऐसा होता है, पर इसको अभ्यास द्वारा प्रगाढ़ स्थिर और पूर्ण रूप देना होगा। युगों पहले ऋषियों ने आविष्कार किया था कि आत्मा इंद्रियों द्वारा नहीं, ज्ञान द्वारा सीमाबद्ध हो सकती है। हमें समझना होगा कि ज्ञान उस आत्मारूपी अनंत शृंखला का एक क्षुद्र अंशमात्र है। सत्ताज्ञान से अभिन्न नहीं है, ज्ञान उसी सत्ता का एक अंश है। ऋषियों ने ज्ञान की अतीत भूमि में निर्भय होकर आत्मा का अनुसंधान किया था। ज्ञान पंचेंद्रियों द्वारा सीमाबद्ध है। आध्यात्मिक जगत् के सत्य को प्राप्त करने के लिए मनुष्यों को ज्ञान की अतीत भूमि में, इंद्रियों के परे जाना होगा। इस समय भी ऐसे मनुष्य हैं, जो पंचेंद्रियों की सीमा के परे जा सकते हैं। ये ही ऋषि कहलाते हैं, क्योंकि उन्होंने आध्यात्मिक सत्यों का साक्षात्कार किया है।

अपने सामने की इस मेज को जिस प्रकार हम प्रत्यक्ष प्रमाण से जानते हैं, उसी तरह वेदोक्त सत्यों का प्रमाण भी प्रत्यक्ष अनुभव है। यह हम इंद्रियों से देख रहे हैं और आध्यात्मिक सत्यों का भी हम जीवात्मा की ज्ञानातीत अवस्था में साक्षात् करते हैं। ऐसा ऋषित्व प्राप्त करना देश, काल, लिंग अथवा जातिविशेष के ऊपर निर्भर नहीं करता। वात्स्यायन निर्भयतापूर्वक घोषणा करते हैं कि यह ऋषित्व ऋषियों की संतानों, आर्य-अन्यायों, यहाँ तक कि म्लेच्छों की भी साधारण संपत्ति है।

हमें समझना होगा कि ज्ञान उस आत्मारूपी अनंत शृंखला का एक क्षुद्र अंशमात्र है। सत्ताज्ञान से अभिन्न नहीं है, ज्ञान उसी सत्ता का एक अंश है। ऋषियों ने ज्ञान की अतीत भूमि में निर्भय होकर आत्मा का अनुसंधान किया था। ज्ञान पंचेंद्रियों द्वारा सीमाबद्ध है। आध्यात्मिक जगत् के सत्य को प्राप्त करने के लिए मनुष्यों को ज्ञान की अतीत भूमि में, इंद्रियों के परे जाना होगा।

यही वेदों का ऋषित्व है। हमें भारतीय धर्म के इस आदर्श को सर्वदा स्मरण रखना होगा और मेरी इच्छा है कि संसार की अन्य जातियाँ भी इस आदर्श को समझकर याद रखें, क्योंकि इससे धार्मिक लड़ाई-

झगड़े कम हो जाएँगे। शास्त्र ग्रंथों में धर्म नहीं होता अथवा सिद्धांतों, मतवादों, चर्चाओं तथा तार्किक उक्तियों में भी धर्म की प्राप्ति नहीं होती। धर्म तो स्वयं साक्षात्कार करने की वस्तु है। ऋषि होना होगा। मेरे मित्रो, जब तक तुम ऋषि नहीं बनोगे, जब तक आध्यात्मिक सत्य के साथ साक्षात् नहीं होगा, निश्चय ही तब तक तुम्हारा धार्मिक जीवन आरंभ नहीं हुआ। जब तक तुम्हारी यह अतिचेतन (ज्ञानातीत) अवस्था आरंभ नहीं होती, तब तक धर्म केवल करने ही की बात है, तब तक यह केवल धर्म प्राप्ति के लिए तैयार होना ही है। तुम केवल दूसरों से सुनी-सुनाई बातों को दुहराते-तिहराते भर हो, और यहाँ बुद्ध का कुछ ब्राह्मणों से वाद-विवाद करते समय का सुंदर कथन लागू होता है।

ब्राह्मणों ने बुद्धदेव के पास आकर ब्रह्म के स्वरूप पर प्रश्न किए। उस महापुरुष ने उनसे प्रश्न किया, "आपने क्या ब्रह्म को देखा है?" उन्होंने कहा, "नहीं, हमने ब्रह्म को नहीं देखा।" बुद्धदेव ने पुन: उनसे प्रश्न किया, "आपके पिता ने क्या उसको देखा है?" "हम समझते हैं कि उन्होंने भी उसको नहीं देखा।" तब बुद्धदेव ने कहा, "मित्रो, आपके पितृ-पितामहों ने भी जिनको नहीं देखा, ऐसे पुरुष के विषय पर आप किस प्रकार विचार द्वारा एक-दूसरे को परास्त करने की चेष्टा कर रहे हैं?" समस्त संसार यही कर रहा है। वेदांत की भाषा में हम कहेंगे—"नायमात्मा प्रवचनेन लभ्यो न मेधया न बहुना श्रुतेन।" यह आत्मा वागाडंबर से प्राप्त नहीं की जा सकती, प्रखर बुद्धि से भी नहीं, यहाँ तक कि बहुत वेदपाठ से भी उसकी प्राप्ति करना संभव नहीं।

संसार की समस्त जातियों से वेदों की भाषा में हमको कहना होगा—तुम्हारा लड़ना-झगड़ना वृथा है। तुम जिस ईश्वर का प्रचार करना चाहते हो, क्या तुमने उसको देखा है? यदि तुमने उसको नहीं देखा, तो तुम्हारा प्रचार वृथा है; जो तुम कहते हो, वह स्वयं नहीं जानते; और यदि तुम ईश्वर को देख लोगे, तो तुम झगड़ा नहीं करोगे, तुम्हारा चेहरा चमकने लगेगा।

उपनिषदों के एक प्राचीन ऋषि ने अपने पुत्र को ब्रह्मज्ञान प्राप्त करने के लिए गुरु के पास भेजा था। जब लड़का वापस आया, तो पिता ने पूछा, "तुमने क्या सीखा?" पुत्र ने उत्तर दिया, "अनेक विद्याएँ सीखी हैं।" पिता ने

कहा, "यह कुछ नहीं है; जाओ, फिर वापस जाओ।" पुत्र गुरु के पास गया, लड़के के लौट आने पर पिता ने फिर वही प्रश्न पूछा और लड़के ने फिर वही उत्तर दिया। उसको एक बार और वापस जाना पड़ा। इस बार जब वह लौटकर आया, तो उसका चेहरा चमक रहा था। तब पिता ने कहा, "बेटा, आज तुम्हारा चेहरा ब्रह्मज्ञानी के समान चमक रहा है। जब तुम ईश्वर को जान लोगे, तो तुम्हारा मुख, स्वर, नारी आकृति बदल जाएगी। तब तुम मानव-जाति के लिए महाकल्याणस्वरूप हो जाओगे। ऋषि की शक्ति को कोई नहीं रोक सकेगा। यही ऋषित्व है और यही हमारे धर्म का आदर्श। और शेष जो कुछ है—ये सब वाग्विलास, युक्ति-विचार, दर्शन, द्वैतवाद, अद्वैतवाद, यहाँ तक कि वेद भी यही ऋषित्व प्राप्त करने के सोपान मात्र हैं, गौण हैं। ऋषित्व प्राप्त करना ही मुख्य है। वेद, व्याकरण, ज्योतिषादि—सब गौण हैं। जिसके द्वारा हम उस अव्यय ईश्वर की प्रत्यक्ष अनुभूति प्राप्त करते हैं, यही चरम ज्ञान है। जिन्होंने यह प्राप्त किया है, वे ही वैदिक ऋषि हैं। हम समझते हैं कि यह ऋषि एक कोटि, एक वर्ग का नाम है, जिस ऋषित्व को यथार्थ हिंदू होते हुए हमें अपने जीवन की किसी-न-किसी अवस्था में प्राप्त करना ही होगा और ऋषित्व प्राप्त करना ही हिंदुओं के लिए मुक्ति है। कुछ सिद्धांतों में ही विश्वास करने से, सहस्रों मंदिरों के दर्शन से अथवा संसार भर की कुल नदियों में स्नान करने से, हिंदू मत के अनुसार मुक्ति नहीं होगी। ऋषि होने पर, मंत्रद्रष्टा होने पर ही मुक्ति प्राप्त होगी।"

ऋषि की शक्ति को कोई नहीं रोक सकेगा। यही ऋषित्व है और यही हमारे धर्म का आदर्श। और शेष जो कुछ है—ये सब वाग्विलास, युक्ति-विचार, दर्शन, द्वैतवाद, अद्वैतवाद, यहाँ तक कि वेद भी यही ऋषित्व प्राप्त करने के सोपान मात्र हैं, गौण हैं। ऋषित्व प्राप्त करना ही मुख्य है।

बाद में युगों पर विचार करने पर हम देखते हैं कि उस समय सारे संसार को आलोड़ित करने वाले अनेक महापुरुषों तथा श्रेष्ठ अवतारों ने जन्म ग्रहण किया है। अवतारों की संख्या बहुत है। भागवत के अनुसार भी अवतारों की

संख्या असंख्य है; इनमें से राम और कृष्ण ही भारत में विशेष भाव से पूजे जाते हैं। प्राचीन वीर युगों के आदर्शस्वरूप, सत्यपरायणता और समग्र नैतिकता के साकार मूर्तिस्वरूप, आदर्श तनय, आदर्श पति, आदर्श पिता, सर्वोपरि आदर्श राजा राम का चरित्र हमारे सम्मुख महान् ऋषि वाल्मीकि द्वारा प्रस्तुत किया गया है। महाकवि ने जिस भाषा में रामचरित का वर्णन किया है, उसकी अपेक्षा अधिक पावन, प्रांजल, मधुर अथवा सरल भाषा हो ही नहीं सकती। सीता के विषयों में क्या कहा जाए! तुम संसार के समस्त प्राचीन साहित्य को छान डालो, मैं तुमसे निःसंकोच कहता हूँ कि तुम संसार के भावी साहित्य का भी मंथन कर सकते हो, किंतु उसमें से तुम सीता के समान दूसरा चरित्र नहीं निकाल सकोगे। सीता चरित्र अद्वितीय है। यह चरित्र सदा के लिए एक ही बार चित्रित हुआ है। राम तो कदाचित अनेक हो गए हैं, किंतु सीता और नहीं हुई। भारतीय स्त्रियों को जैसा होना चाहिए, सीता उनके लिए आदर्श है। स्त्री-चरित्र के जितने भारतीय आदर्श हैं, वे सब सीता के ही चरित्र से उत्पन्न हुए हैं, और समस्त आर्यावर्त में सहस्त्रों वर्षों से वे स्त्री-पुरुष-बालक की पूजा पा रही हैं। महामहिमामयी सीता, स्वयं शुद्धता से भी शुद्ध, धैर्य तथा सहिष्णुता का सर्वोच्च आदर्श सीता सदा इसी भाव से पूजी जाएँगी। जिन्होंने अविचलित भाव से ऐसे महादुःख का जीवन व्यतीत किया, वही नित्यसाध्वी, सदा शुद्ध स्वभाव सीता, आदर्श पत्नी सीता, मनुष्य लोक की आदर्श, देवलोक की भी आदर्श नारी पुण्य-चरित्र सीता सदा हमारी राष्ट्रीय देवी बनी रहेंगी। हम सभी उनके चरित्र को भलीभाँति जानते हैं, इसलिए उनका विशेष वर्णन करने की आवश्यकता नहीं।

तुम संसार के समस्त प्राचीन साहित्य को छान डालो, मैं तुमसे निःसंकोच कहता हूँ कि तुम संसार के भावी साहित्य का भी मंथन कर सकते हो, किंतु उसमें से तुम सीता के समान दूसरा चरित्र नहीं निकाल सकोगे। सीता चरित्र अद्वितीय है। यह चरित्र सदा के लिए एक ही बार चित्रित हुआ है।

चाहे हमारे सब पुराण नष्ट हो जाएँ, यहाँ तक कि हमारे वेद भी लुप्त हो

जाएँ, हमारी संस्कृत भाषा सदा के लिए कालस्रोत में विलुप्त हो जाए, किंतु मेरी बात ध्यानपूर्वक सुनो। जब तक भारत में अतिशय ग्राम्य भाषा बोलने वाले पाँच भी हिंदू रहेंगे, तब तक सीता की कथा विद्यमान रहेगी। सीता का प्रवेश हमारी जाति की अस्थि-मज्जा में हो चुका है; प्रत्येक हिंदू नर-नारी के रक्त में सीता विराजमान है; हम सभी सीता की संतान हैं। हमारी नारियों को आधुनिक भावों में रँगने की जो चेष्टाएँ हो रही हैं, यदि उन सब प्रयत्नों में उनको सीता-चरित्र के आदर्श से भ्रष्ट करने की चेष्टा होगी, तो वे सब असफल होंगे, जैसा कि हम प्रतिदिन देखते हैं, भारतीय नारियों से सीता के चरण-चिह्नों का अनुसरण कराकर अपनी उन्नति की चेष्टा करनी होगी, यही एकमात्र पथ है।

उनके पश्चात् हैं भगवान् श्रीकृष्ण, जो नाना भाव से पूजे जाते हैं और जो पुरुष के समान ही स्त्री के, बच्चों के समान ही वृद्ध के परम प्रिय इष्ट देवता हैं। मेरा अभिप्राय उनसे है, जिन्हें भगवन् करके भी तृप्त नहीं होते, बल्कि कहते हैं—

"अन्यान्य अवतार उस भगवान् के अंश और फलस्वरूप हैं, किंतु कृष्ण तो स्वयं भगवान् हैं।"

और जब हम उनके विविध भाव-समन्वित चरित्र का अवलोकन करते हैं, तब उनके प्रति प्रयुक्त ऐसे विशेषणों से हमको आश्चर्य नहीं होता। वे एक ही स्वरूप में अपूर्व संन्यासी और अद्‌भुत गृहस्थ थे, उनमें अत्यंत अद्‌भुत रजोगुण तथा शक्ति का विकास था और साथ ही वे अत्यंत अद्‌भुत त्याग का जीवन बिताते थे। बिना 'गीता' का अध्ययन किए कृष्ण-चरित्र कभी समझ में नहीं आ सकता, क्योंकि अपने उपदेशों के वे आकारस्वरूप थे। प्रत्येक अवतार, जिसका प्रचार करने वे आए थे, उनके जीवित उदाहरण के रूप में वे अवतरित हुए। 'गीता' के प्रचारक कृष्ण सदा 'भगवद्‌गीता' के उपदेशों की साकार मूर्ति थे, वे अनासक्ति के उज्ज्वल उदाहरण थे। उन्होंने अपना सिंहासन त्याग दिया और कभी उसकी चिंता नहीं की। जिनके कहने ही से राजा अपने सिंहासनों को छोड़ देते थे, ऐसे समय भारत के नेता ने स्वयं राजा होना नहीं चाहा। उन्होंने बाल्यकाल में जिस सरल भाव से गोपियों के साथ

क्रीड़ा की, जीवन की अन्य अवस्थाओं में भी उनका वह सरल स्वभाव नहीं छूटा। उनके जीवन की उस चिरस्मरणीय घटना की याद आती है, जिसका समझना अत्यंत कठिन है। जब तक कोई पूर्ण ब्रह्मचारी और पवित्र स्वभाव का नहीं बनता, तब तक उसे इसके समझने की चेष्टा करना उचित नहीं। उस प्रेम के अत्यंत अद्‌भुत विकास को, जो उस वृंदावन की मधुर लीला में रूपक भाव से वर्णित हआ है, प्रेमरूपी मदिरा के पान से जो उन्मत्त हुआ हो, उसको छोड़कर और कोई नहीं समझ सकता है। कौन उन गोपियों के प्रेम से उत्पन्न विरह-संत्रास के भाव को समझ सकता है, जो प्रेम आदर्शस्वरूप है, जो प्रेम प्रेम के अतिरिक्त और कुछ नहीं चाहता, जो प्रेम स्वर्ग की भी आकांक्षा नहीं करता, जो प्रेम इहलोक और परलोक की किसी भी वस्तु की कामना नहीं करता ? और हे मित्रो, इसी गोपीप्रेम के माध्यम से सगुण और निर्गुण ईश्वरवाद के संघर्ष का एकमात्र समाधान मिल सका है।

हम जानते हैं, सगुण ईश्वर मनुष्य की उच्चतम धारणा है। हम यह भी जानते हैं कि दार्शनिक दृष्टि से समग्र जगद्‌व्यापी, समस्त संसार जिसकी अभिव्यक्ति है, उस निर्गुण ईश्वर में विश्वास ही स्वाभाविक है, पर साथ ही हम साकार वस्तु की कामना करते हैं, ऐसी वस्तु चाहते हैं, जिनको हम पकड़ सकें, जिसके चरणों पर अपने हृदय का उत्सर्ग कर सकें। इसलिए सगुण ईश्वर ही मनुष्य स्वभाव की उच्चतम धारणा है, किंतु युक्ति इस धारणा से विस्मित रह जाती है। यह वही अति प्राचीन, प्राचीनतम समस्या है, जिसका ब्रह्मसूत्रों में विचार किया गया है, वनवास के समय युधिष्ठिर के साथ द्रौपदी ने जिसका विचार किया है; यदि एक सगुण दयामय सर्वशक्तिवान ईश्वर है, तो

हम जानते हैं, सगुण ईश्वर मनुष्य की उच्चतम धारणा है। हम यह भी जानते हैं कि दार्शनिक दृष्टि से समग्र जगद्‌व्यापी, समस्त संसार जिसकी अभिव्यक्ति है, उस निर्गुण ईश्वर में विश्वास ही स्वाभाविक है, पर साथ ही हम साकार वस्तु की कामना करते हैं, ऐसी वस्तु चाहते हैं, जिनको हम पकड़ सकें, जिसके चरणों पर अपने हृदय का उत्सर्ग कर सकें।

इस नारकीय संसार का अस्तित्व क्यों है? उसने उनकी सृष्टि क्यों की? उस ईश्वर को महापक्षपाती कहना ही उचित है। इसकी किसी प्रकार मीमांसा नहीं होती। इसकी मीमांसा, गोपियों के प्रेम के संबंध में जो तुम पढ़ते हो, मात्र उससे हो सकती है। वे कृष्ण के प्रति प्रयुक्त किसी विशेषण के प्रति घृणा करती हैं; वे यह जानते की चिंता नहीं करतीं कि कृष्ण सृष्टिकर्ता हैं, वे यह जानने की चिंता नहीं करतीं कि वे सर्वशक्तिमान हैं, वे यह जानने की भी चिंता नहीं करतीं कि वे सर्वसमर्थ हैं। वे केवल यही समझती हैं कि कृष्ण प्रेममय हैं; यही उनके लिए यथेष्ट है। गोपियाँ कृष्ण को केवल वृंदावन का कृष्ण समझती हैं। बहुत सेनाओं के नेता राजाधिराज कृष्ण उनके निकट सदा गोप ही थे।

न धनं न जनं न च सुन्दरीं कवितां वा जगदीश कामये।
मम जन्मनि जन्मनीश्वरे भवताद्भक्तिरहैतुकी त्वयि॥

'हे जगदीश! मैं धन, जन, कविता सुंदरी—कुछ भी नहीं चाहता; हे ईश्वर, आपके प्रति जन्म-जन्मांतरों में मेरी अहैतुकी भक्ति हो।' यह अहैतुकी भक्ति, यह निष्काम कर्म, यह निरपेक्ष कर्तव्य-निष्ठा का आदर्श धर्म के इतिहास में एक नया अध्याय है। मानव-इतिहास में प्रथम बार भारतभूमि पर सर्वश्रेष्ठ अवतार श्रीकृष्ण के मुँह से पहले-पहल यह तत्त्व निकला था। भय और प्रलोभन होते हुए भी ऐसे सर्वोत्तम आदर्श का अभ्युदय हुआ, जैसे प्रेम प्रेम के निमित्त, कर्तव्य कर्तव्य के निमित्त, कर्म कर्म के निमित्त।

मानव-इतिहास में प्रथम बार भारतभूमि पर सर्वश्रेष्ठ अवतार श्रीकृष्ण के मुँह से पहले-पहल यह तत्त्व निकला था। भय और प्रलोभन होते हुए भी ऐसे सर्वोत्तम आदर्श का अभ्युदय हुआ, जैसे प्रेम प्रेम के निमित्त, कर्तव्य कर्तव्य के निमित्त, कर्म कर्म के निमित्त।

और यह प्रेम कैसा है? मैंने तुम लोगों से कहा है कि गोपी-प्रेम को समझना बड़ा कठिन है। हमारे बीच भी ऐसे मूर्खों का अभाव नहीं है, जो श्रीकृष्ण के जीवन के ऐसे अति अपूर्व अंश के अद्भुत तात्पर्य को समझने में असमर्थ हैं। मैं पुनः कहता हूँ कि हमारे ही रक्त से उत्पन्न अनेक अपवित्र मूर्ख

हैं, जो गोपी-प्रेम का नाम सुनते ही मानो उसको अत्यंत अपावन समझकर भय से दूर भाग जाते हैं। उनसे मैं सिर्फ इतना ही कहना चाहता हूँ कि पहले अपने मन को शुद्ध करो और तुमको यह भी स्मरण रखना चाहिए कि जिस इतिहासकार ने गोपियों के इस अद्‌भुत प्रेम का वर्णन किया है, वह आजन्म पवित्र, नित्य शुद्ध व्यासपुत्र शुकदेव हैं। जब तक हृदय में स्वार्थपरता रहेगी, तब तक भगवत्प्रेम असंभव है। यह केवल दुकानदारी है कि 'मैं आपको कुछ देता हूँ, भगवान् आप भी मुझको कुछ दीजिए।' और भगवान् कहते हैं, "यदि तुम ऐसा न भी करोगे, तो तुम्हारे मरने पर मैं तुम्हें देख लूँगा; चिरकाल तक तुम्हें जलाकर मारूँगा।"

सकाम व्यक्ति की ईश्वर-धारणा ऐसी ही होती है। जब तक मस्तिष्क में ऐसे भाव रहेंगे, तब तक गोपियों की प्रेमजनित विरह की उन्मत्तता मनुष्य किस प्रकार समझेंगे? एक बार, केवल एक ही बार यदि उन मधुर अक्षरों का चुंबन प्राप्त हो!

सकाम व्यक्ति की ईश्वर-धारणा ऐसी ही होती है। जब तक मस्तिष्क में ऐसे भाव रहेंगे, तब तक गोपियों की प्रेमजनित विरह की उन्मत्तता मनुष्य किस प्रकार समझेंगे? एक बार, केवल एक ही बार यदि उन मधुर अक्षरों का चुंबन प्राप्त हो! जिसका तुमने एक चुंबन किया है, चिरकाल तक तुम्हारे लिए उसकी पिपासा बढ़ती जाती है, उसके सकल दुःख दूर हो जाते हैं, तब अन्यान्य विषयों की आसक्ति दूर हो जाती है, केवल तुम्हीं उस समय प्रीति की वस्तु हो जाते हो।

पहले कंचन, नाम तथा यश और क्षुद्र मिथ्या संसार के प्रति आसक्ति को छोड़ो। तभी केवल तभी तुम गोपी-प्रेम को समझोगे। यह इतना विशुद्ध है कि बिना सबकुछ छोड़े इसको समझने की चेष्टा करना ही अनुचित है। जब तक अंतःकरण पूर्ण रूप से पवित्र नहीं होता, तब तक इसकी चेष्टा करना वृथा है। हर समय जिनके हृदय में काम, धन, यथोलिप्सा के बुलबुले उठते हैं, ऐसे लोग गोपी प्रेम की आलोचना करने तथा समझने का साहस करते हैं! कृष्ण अवतार का मुख्य उद्देश्य यही गोपी-प्रेम की शिक्षा है, यहाँ तक कि 'गीता'

का महान् दर्शन भी उस प्रेमोन्मत्तता की बराबरी नहीं कर सकता, क्योंकि 'गीता' में साधक को धीरे-धीरे उसी चरम लक्ष्य 'मुक्ति' के साधन का उपदेश दिया गया है, किंतु इसमें रसास्वाद की उन्मत्तता, प्रेम की मदोन्मत्तता विद्यमान है; यहाँ गुरु और शिष्य, शास्त्र और उपदेश, ईश्वर और स्वर्ग—सब एकाकार हैं, भव के भाव का चिह्नमात्र नहीं है; सब बह गया है—शेष रह गई है, केवल प्रेमोन्मत्तता। उस समय संसार का कुछ भी स्मरण नहीं रहता, भक्त उस समय संसार में उसी कृष्ण, एकमात्र उसी कृष्ण के अतिरिक्त और कुछ नहीं देखता। वह समस्त प्राणियों में कृष्ण के ही दर्शन करता है, उसका मुँह भी उस समय कृष्ण के ही समान दीखता है, उसकी आत्मा उस समय कृष्णमय हो जाती है।

सब एकाकार हैं, भव के भाव का चिह्नमात्र नहीं है; सब बह गया है—शेष रह गई है, केवल प्रेमोन्मत्तता। उस समय संसार का कुछ भी स्मरण नहीं रहता, भक्त उस समय संसार में उसी कृष्ण, एकमात्र उसी कृष्ण के अतिरिक्त और कुछ नहीं देखता।

यह है कृष्ण की महिमा। छोटी-छोटी बातों में समय वृथा मत गँवाओ। उनके जीवन के जो मुख्य चरित्र हैं, जो तात्त्विक अंश हैं, उन्हीं का सहारा लेना चाहिए। कृष्ण के जीवन-चरित्र में बहुत से ऐतिहासिक अंतर्विरोध मिल सकते हैं, कृष्ण के चरित्र में बहुत से प्रक्षेप हो सकते हैं। ये सभी सत्य हो सकते हैं, किंतु फिर भी उस समय समाज में जो एक अपूर्व नए भाव का उदय हुआ था, उसका कुछ आधार अवश्य था। अन्य किसी भी महापुरुष या पैगंबर के जीवन पर विचार करने पर यह जान पड़ता है कि वह पैगंबर अपने पूर्ववर्ती कितने ही भावों का विकास मात्र है; हम देखते हैं कि उसने अपने देश में, यहाँ तक कि उस समय जैसी शिक्षा प्रचलित थी, केवल उसी का प्रचार किया है; यहाँ तक कि उस महापुरुष के अस्तित्व पर भी संदेह हो सकता है, किंतु मैं चुनौती देता हूँ कि कोई यह साबित कर दे कि कृष्ण के निष्काम कर्म, निरपेक्ष कर्तव्य-निष्ठा और निष्काम प्रेम-तत्त्व के ये उपदेश संसार में मौलिक आविष्कार नहीं हैं। यदि ऐसा नहीं कर सकते, तो यह अवश्य स्वीकार नहीं किया जा सकता कि ये तत्त्व किसी दूसरे मनुष्य से लिये

गए हैं। कारण यह कि कृष्ण के उत्पन्न होने के समय सर्वसाधारण में इन तत्त्वों का प्रचार नहीं था। भगवान् श्रीकृष्ण ही इनके प्रथम प्रचारक हैं। उनके शिष्य वेदव्यास ने पूर्वोक्त तत्त्वों का साधारण जन में प्रचार किया। ऐसा श्रेष्ठ आदर्श और कभी चित्रित नहीं हुआ। हम उनके ग्रंथ में गोपीजनवल्लभ वृंदावन-बिहारी से और कोई उच्चतर आदर्श नहीं पाते। जब तुम्हारे हृदय में इस उन्मत्तता का प्रवेश होगा, जब तुम भाग्यवती गोपियों के भाव को समझोगे, तभी तुम जानोगे कि प्रेम क्या वस्तु है! जब समस्त संसार तुम्हारी दृष्टि से अंतर्धान हो जाएगा, जब तुम्हारे हृदय में और कोई कामना नहीं रहेगी, जब तुम्हारा चित्त पूर्णरूप से शुद्ध हो जाएगा, अन्य कोई लक्ष्य न होगा, यहाँ तक कि जब तुममें सत्यानुसंधान की वासना भी नहीं रहेगी, तभी तुम्हारे हृदय में उस प्रेमोन्मत्तता का आविर्भाव होगा, तभी तुम गोपियों की अनंत अहेतुकी प्रेम-भक्ति की महिमा समझोगे। यही लक्ष्य है। यदि तुमको यह प्रेम मिला, तो सबकुछ मिल गया।

जब समस्त संसार तुम्हारी दृष्टि से अंतर्धान हो जाएगा, जब तुम्हारे हृदय में और कोई कामना नहीं रहेगी, जब तुम्हारा चित्त पूर्णरूप से शुद्ध हो जाएगा, अन्य कोई लक्ष्य न होगा, यहाँ तक कि जब तुममें सत्यानुसंधान की वासना भी नहीं रहेगी, तभी तुम्हारे हृदय में उस प्रेमोन्मत्तता का आविर्भाव होगा''

इस बार हम नीचे की तहों में प्रवेश करते हुए 'गीता'-प्रचारक कृष्ण की विवेचना करेंगे। भारत में इस समय कितने ही लोगों में ऐसी चेष्टा दिखाई पड़ती है, जो घोड़े के आगे गाड़ी जोतने वालों की सी होती है। हममें से बहुतों की धारणा है कि श्रीकृष्ण का गोपियों के साथ प्रेमलीला करना बड़ी ही खटकने वाली बात है। यूरोप के लोग भी इसे पसंद नहीं करते। अमुक पंडित इस गोपी-प्रेम को अच्छा नहीं समझते, अतएव अवश्य गोपियों को बहा दो! यूरोप के साहबों के बिना अनुमोदन के कृष्ण कैसे टिक सकते हैं? कदापि नहीं टिक सकते। 'महाभारत' में दो-एक स्थानों को छोड़कर, वे भी वैसे उल्लेखनीय नहीं, गोपियों का प्रसंग तो है ही नहीं। केवल द्रौपदी की प्रार्थना में और शिशुपाल-वध के समय शिशुपाल

के उल्लेख में वृंदावन का वर्णन आया है। ये सब प्रक्षिप्त अंश हैं। यूरोप के साहब लोग जिसको नहीं चाहते, वह सब फेंक देना चाहिए। गोपियों का वर्णन, यहाँ तक कि कृष्ण का वर्णन भी प्रक्षिप्त है! जो लोग ऐसी घोर वाणिज्यवृत्ति के हैं, जिनके धर्म का आदर्श भी व्यवसाय ही से उत्पन्न हुआ है, उनका विचार यह है कि वे इस संसार में कुछ करके स्वर्ग प्राप्त करेंगे। व्यवसायी सूद-पर-सूद चाहते हैं। वे यहाँ ऐसा कुछ पुण्य-संचय करना चाहते हैं, जिसके फल से स्वर्ग में जाकर सुख-भोग करेंगे। इनके धर्ममत में गोपियों के लिए अवश्य स्थान नहीं है। अब हम उस आदर्श-प्रेमी श्रीकृष्ण का वर्णन छोड़कर और भी नीचे की तह में प्रवेश करके 'गीता'-प्रचारक श्रीकृष्ण की विवेचना करेंगे। यहाँ भी हम देखते हैं कि 'गीता' के समान वेदों का भाष्य कभी नहीं बना है और बनेगा भी नहीं। श्रुति अथवा उपनिषदों का तात्पर्य समझना बड़ा कठिन है; क्योंकि नाना भाष्यकारों ने अपने-अपने मतानुसार उनकी व्याख्या करने की चेष्टा की है।

'गीता' के प्रचारक रूप से श्रुति का अर्थ समझाया और आज भारत में उस व्याख्या-प्रणाली की जैसी आवश्यकता है। सारे संसार में इसकी जैसी आवश्यकता है, वैसी किसी और वस्तु की नहीं। यह बड़े ही आश्चर्य की बात है कि परवर्ती शास्त्र-व्याख्याता 'गीता' तक की व्याख्या करने में बहुधा भगवान् के वाक्यों का अर्थ और भाव-प्रवाह नहीं समझ सके।

अंत में जो स्वयं श्रुति के प्रेरक हैं, उन्हीं भगवान् ने आविर्भूत होकर 'गीता' के प्रचारक रूप से श्रुति का अर्थ समझाया और आज भारत में उस व्याख्या-प्रणाली की जैसी आवश्यकता है। सारे संसार में इसकी जैसी आवश्यकता है, वैसी किसी और वस्तु की नहीं। यह बड़े ही आश्चर्य की बात है कि परवर्ती शास्त्र-व्याख्याता 'गीता' तक की व्याख्या करने में बहुधा भगवान् के वाक्यों का अर्थ और भाव-प्रवाह नहीं समझ सके। 'गीता' में क्या है और आधुनिक भाष्यकारों में हम क्या देखते हैं? एक अद्वैतवादी भाष्यकार

ने किसी उपनिषद् की व्याख्या की, जिसमें बहुत से द्वैतभाव के वाक्य हैं। उसने उनको तोड़-मरोड़कर कुछ अर्थ ग्रहण किया और उन सबका अपनी व्याख्या के अनुसार मनमाना अर्थ लगा लिया। फिर द्वैतवादी भाष्यकार ने भी व्याख्या करनी चाही; उसमें अनेक अद्वैतमूलक अंश हैं, जिनकी खींच-तान उसने उनसे द्वैतमूलक अर्थ ग्रहण करने के लिए की, परंतु 'गीता' में इस प्रकार के किसी अर्थ के बिगड़ने की चेष्टा तुमको नहीं मिलेगी। भगवान् कहते हैं, ये सब सत्य हैं, जीवात्मा धीरे-धीरे स्थूल से सूक्ष्म, सूक्ष्म से अति सूक्ष्म सीढ़ियों पर चढ़ती जाती है, इस प्रकार क्रमशः वह उस चरम लक्ष्य अनंत पूर्णस्वरूप को प्राप्त होती है। 'गीता' में इसी भाव को समझाया गया है। यहाँ तक कि कर्मकांड भी 'गीता' में स्वीकृत हुआ है और यह दिखलाया गया है कि यद्यपि कर्मकांड साक्षात् मुक्ति का साधन नहीं है, किंतु गौण भाव से मुक्ति का साधन है, तथापि वह सत्य है; मूर्ति-पूजा भी सत्य है, सब प्रकार के अनुष्ठान और क्रिया-कर्म भी सत्य हैं, केवल एक विषय पर ध्यान रखना होगा—वह है, चित्त की शुद्धि। यदि हृदय शुद्ध और निष्कपट हो, तभी उपासना ठीक उतरती है और हमें चरम लक्ष्य तक पहुँचा देती है। ये विभिन्न उपासना-प्रणालियाँ सत्य हैं, क्योंकि यदि वे सत्य न होतीं, तो उनकी सृष्टि ही क्यों हुई?

भगवान् कहते हैं, ये सब सत्य हैं, जीवात्मा धीरे-धीरे स्थूल से सूक्ष्म, सूक्ष्म से अति सूक्ष्म सीढ़ियों पर चढ़ती जाती है, इस प्रकार क्रमशः वह उस चरम लक्ष्य अनंत पूर्णस्वरूप को प्राप्त होती है। 'गीता' में इसी भाव को समझाया गया है।

विभिन्न धर्म और संप्रदाय कुछ पाखंडी एवं दुष्ट लोगों द्वारा नहीं बनाए गए हैं और न उन्होंने धन के लोभ से इन धर्मों और संप्रदायों की सृष्टि की है, जैसा कि आधुनिक लोगों का मत है। बाह्य दृष्टि से उनकी व्याख्या कितनी ही युक्तियुक्त क्यों न प्रतीत हो, पर यह बात सत्य नहीं है। इनकी सृष्टि इस तरह नहीं हुई। जीवात्मा की स्वाभाविक आवश्यकता के लिए इन सबका अभ्युदय हुआ है। विभिन्न श्रेणियों के मनुष्यों की धर्म-पिपासा को परितृप्त करने के लिए इसका अभ्युदय हुआ है, इसलिए तुम्हें इनके विरुद्ध शिक्षा देने

की आवश्यकता नहीं। जिस दिन इनकी आवश्यकता नहीं रहेगी, उस दिन उस आवश्यकता के अभाव के साथ-साथ इनका भी लोप हो जाएगा। पर जब तक उनकी आवश्यकता रहेगी, तब तक तुम्हारी आलोचना और तुम्हारी शिक्षा के बावजूद ये अवश्य विद्यमान रहेंगे। तलवार और बंदूक के जोर से तुम संसार को खून में बहा सकते हो, किंतु जब तक मूर्तियों की आवश्यकता रहेगी, तब तक मूर्ति-पूजा अवश्य रहेगी। ये विभिन्न अनुष्ठान पद्धतियाँ और धर्म के विभिन्न सोपान अवश्य रहेंगे और हम भगवान् श्रीकृष्ण के उपदेश से समझ सकते हैं कि इनकी क्या आवश्यकता है।

तलवार और बंदूक के जोर से तुम संसार को खून में बहा सकते हो, किंतु जब तक मूर्तियों की आवश्यकता रहेगी, तब तक मूर्ति-पूजा अवश्य रहेगी। ये विभिन्न अनुष्ठान पद्धतियाँ और धर्म के विभिन्न सोपान अवश्य रहेंगे और हम भगवान् श्रीकृष्ण के उपदेश से समझ सकते हैं कि इनकी क्या आवश्यकता है।

इसके बाद ही भारतीय इतिहास का एक शोकजनक अध्याय शुरू होता है। हम 'गीता' में भी भिन्न संप्रदायों के विरोध के कोलाहल की दूर से आती हुई आवाज सुन पाते हैं, और देखते हैं कि समन्वय के वे अद्‌भुत प्रचारक भगवान् श्रीकृष्ण बीच में पड़कर विरोध को हटा रहे हैं। वे कहते हैं, "सारा जगत् मुझमें उसी तरह गुँथा हुआ है, जिस तरह धागे में मणि गुँथी रहती है।" सांप्रदायिक झगड़ों की दूर से सुनाई देने वाली धीमी आवाज हम तभी से सुन रहे हैं। संभव है कि भगवान् के उपदेश से ये झगड़े कुछ देर के लिए रुक गए हों तथा समन्वय और शांति का संचार हुआ हो, किंतु यह विरोध फिर उत्पन्न हुआ। केवल धर्ममत ही पर नहीं, संभवतः वर्ण के आधार पर भी यह विवाद चलता रहा। हमारे समाज के दो प्रबल अंगों, ब्राह्मणों तथा क्षत्रियों, राजाओं तथा पुरोहितों के बीच विवाद आरंभ हुआ था। एक हजार वर्ष तक जिस विशाल तरंग ने समग्र भारत को सराबोर कर दिया था, उसके सर्वोच्च शिखर पर एक और महामहिम मूर्ति को देखते हैं और वे हमारे शाक्यमुनि गौतम हैं। उनके उपदेशों

और प्रचार-कार्य से तुम सभी अवगत हो। हम उनको ईश्वरावतार समझकर उनकी पूजा करते हैं। नैतिकता का इतना बड़ा निर्भीक प्रचारक संसार में और उत्पन्न नहीं हुआ। कर्मयोगियों में सर्वश्रेष्ठ स्वयं कृष्ण ही मानो शिष्यरूप में अपने उपदेश को कार्यरूप में परिणत करने के लिए उत्पन्न हुए। पुनः वही वाणी सुनाई दी, जिसने 'गीता' में शिक्षा दी थी, 'स्वल्पमप्यस्य धर्मस्य त्रायते महतो भयात्।' 'इस धर्म का थोड़ा सा अनुष्ठान करने पर भी महाभय से रक्षा होती है।' 'स्त्रियो वैश्यास्तथा शूद्रास्तेअपि शान्ति परां गतिम्।' 'स्त्री, वैश्व और शूद्र तक परमगति को प्राप्त होती हैं।' 'गीता' के वाक्य, श्रीकृष्ण की वज्र के समान गंभीर और महती वाणी सबके बंधन, सबकी शृंखला तोड़ देती है और सभी को उस परम पद पाने का अधिकारी कर देती है।

कर्मयोगियों में सर्वश्रेष्ठ स्वयं कृष्ण ही मानो शिष्यरूप में अपने उपदेश को कार्यरूप में परिणत करने के लिए उत्पन्न हुए। पुनः वही वाणी सुनाई दी, जिसने 'गीता' में शिक्षा दी थी, 'स्वल्पमप्यस्य धर्मस्य त्रायते महतो भयात्।'

इहैव तैर्जितः सर्गो येषां साम्ये स्थितं मनः।
निर्दोषं हि समं ब्रह्म तस्माद् ब्रह्मणि ते स्थिताः॥

'जिनका मन साम्य भाव में अवस्थित है, उन्होंने यहीं सारे संसार को जीत लिया है। ब्रह्म समस्वभाव और निर्दोष है, इसलिए वे ब्रह्म में ही अवस्थित हैं।'

समं पश्यन् हि सर्वत्र समवस्थितमीश्वरम्।
न हिनस्त्यात्मनात्मानं ततो याति परां गतिम्॥

'परमेश्वर को सर्वत्र तुल्य रूप से अवस्थित देखकर ज्ञानी आत्मा से आत्मा की हिंसा नहीं करता, इसलिए वह परमगति को प्राप्त होता है।'

'गीता' के उपदेशों के जीते-जागते उदाहरणस्वरूप, 'गीता' के उपदेशक दूसरे रूप में पुनः इस मर्त्यलोक में पधारे, जिससे जनता द्वारा उसका एक कण भी कार्यरूप में परिणत हो सके। ये ही शाक्यमुनि हैं। ये ही दुःखियों को उपदेश देने लगे। सर्वसाधारण के हृदय तक पहुँचने के लिए देवभाषा संस्कृत

को भी छोड़ ये लोकभाषा में उपदेश देने लगे। राजसिंहासन को त्यागकर ये दुःखी, गरीब, पतित, भिखमंगों के साथ रहने लगे। इन्होंने दूसरे राम के समान चांडाल को भी छाती से लगा लिया।

तुम सभी उनके महान् चरित्र और अद्भुत प्रचार-कार्य को जानते हो, किंतु इस प्रचार-कार्य में एक भारी त्रुटि थी, जिसके लिए हम आज तक दुःख भोग रहे हैं। भगवान् बुद्ध का कुछ दोष नहीं है। उनका चरित्र परम विशुद्ध और उज्ज्वल है। खेद का विषय है कि बौद्ध धर्म के प्रचार से जो विभिन्न असभ्य और अशिक्षित जातियाँ धर्म में घुसने लगीं, वे बुद्धदेव के उच्च आदर्शों का ठीक अनुसरण न कर सकीं। इन जातियों में नाना प्रकार के कुसंस्कार और बीभत्स उपासना पद्धतियाँ थीं। उनके झुंड-के-झुंड आर्यों के समाज में घुसने लगे। कुछ समय के लिए ऐसा प्रतीत हुआ कि वे सभ्य बन गए, किंतु एक ही शताब्दी में उन्होंने अपने सर्प, भूत-प्रेत आदि निकाल लिये, जिनकी उपासना उनके पूर्वज किया करते थे और इस प्रकार सारा भारत कुसंस्कारों का लीला-क्षेत्र बनकर घोर अवनति को पहुँचा। पहले बौद्ध प्राणिहिंसा की निंदा करते हुए वैदिक यज्ञों के घोर विरोधी हो गए थे। उस समय घर-घर इन यज्ञों का अनुष्ठान होता था। हर एक घर पर यज्ञ के लिए आग जलती थी—बस उपासना के लिए और कुछ ठाट-बाट न था। बौद्ध धर्म के प्रचार से इन यज्ञों का लोप हो गया। उनकी जगह बड़े-बड़े ऐश्वर्ययुक्त मंदिर, भड़कीली अनुष्ठान पद्धतियाँ, शानदार पुरोहित तथा वर्तमान काल में भारत में और जो कुछ दिखाई देता है, सबका आविर्भाव हुआ। कितने ही ऐसे आधुनिक पंडितों के, जिनके अधिक ज्ञान की अपेक्षा की जाती है, ग्रंथों को पढ़ने से यह विदित होता है कि बुद्ध ने ब्राह्मणों की मूर्ति-पूजा उठा दी थी। मुझे यह पढ़कर हँसी आ जाती है।

तुम सभी उनके महान् चरित्र और अद्भुत प्रचार-कार्य को जानते हो, किंतु इस प्रचार-कार्य में एक भारी त्रुटि थी, जिसके लिए हम आज तक दुःख भोग रहे हैं। भगवान् बुद्ध का कुछ दोष नहीं है। उनका चरित्र परम विशुद्ध और उज्ज्वल है।

वे नहीं जानते कि बौद्ध धर्म ही ने भारत में ब्राह्मण-धर्म और मूर्ति-पूजा की सृष्टि की थी।

एक-दो वर्ष ही हुए रूस निवासी एक प्रतिष्ठित पुरुष ने एक पुस्तक प्रकाशित की। उसमें उन्होंने लिखा कि उन्हें ईसा मसीह के एक अद्‌भुत जीवन-चरित का पता लगा है। उसी पुस्तक में एक स्थान पर उन्होंने लिखा है कि ईसा धर्म-शिक्षार्थ ब्राह्मणों के पास जगन्नाथजी के मंदिर में गए थे, किंतु उनकी संकीर्णता और मूर्तिपूजा से तंग आकर वे वहाँ से तिब्बत के लामाओं के पास गए और वहाँ से सिद्ध होकर स्वदेश लौटे। जिन्हें भारत के इतिहास का थोड़ा भी ज्ञान है, वे इसी विवरण से जान सकते हैं कि पुस्तक में आद्योपांत कैसा छल-प्रपंच भरा हुआ है, क्योंकि जगन्नाथजी का मंदिर तो एक प्राचीन बौद्ध मंदिर है। हमने इसको एवं अन्यान्य बौद्ध मंदिरों को हिंदू मंदिर बना लिया। इस प्रकार के कार्य हमें इस समय भी बहुत करने पड़ेंगे। यही जगन्नाथ का इतिहास है और उस समय वहाँ एक भी ब्राह्मण न था, फिर भी कहा जा रहा है कि ईसा मसीह वहाँ ब्राह्मणों से उपदेश लेने के लिए गए थे। हमारे दिग्गज रूसी पुरातत्त्ववेत्ता की ऐसी ही राय है।

> *अति कुत्सित अनुष्ठान-पद्धतियाँ, अत्यंत भयानक और अश्लील ग्रंथ, जो मनुष्यों द्वारा न तो कभी लिखे गए थे, और न मुनष्य ने जिनकी कभी कल्पना तक की थी, अत्यंत भीषण पाशव अनुष्ठान-पद्धतियाँ, जो और कभी धर्म के नाम से प्रचलित नहीं हुई थीं—ये सभी गिरे हुए बौद्ध धर्म की सृष्टि हैं।*

इस प्रकार प्राणिमात्र के प्रति दया की शिक्षा, अपूर्व आचारनिष्ठा, धर्म और नित्य आत्मा के अस्तित्व या अनस्तित्व संबंधी बाल की खाल निकालने वाले विचारों के होते हुए भी समग्र बौद्ध धर्मरूपी प्रासाद चूर-चूर होकर गिर गया और उसका खँडहर भी बड़ा बीभत्स है। बौद्ध धर्म की अवनति से जिन घृणित आचारों का आविर्भाव हुआ, उनका वर्णन करने के लिए मेरे पास न समय है, न इच्छा ही। अति कुत्सित अनुष्ठान-पद्धतियाँ, अत्यंत भयानक और अश्लील ग्रंथ, जो मनुष्यों द्वारा न तो कभी लिखे गए थे, और न मुनष्य ने

जिनकी कभी कल्पना तक की थी, अत्यंत भीषण पाशव अनुष्ठान-पद्धतियाँ, जो और कभी धर्म के नाम से प्रचलित नहीं हुई थीं—ये सभी गिरे हुए बौद्ध धर्म की सृष्टि हैं।

परंतु भारत को जीवित रहना ही था, इसीलिए पुनः भगवान् का आविर्भाव हुआ, जिन्होंने कहा था, "जब कभी धर्म की हानि होती है, तभी मैं आता हूँ।" ये फिर से आए। इस बार दक्षिण देश में भगवान् का आविर्भाव हुआ। उस ब्राह्मण युवक का, जिसके बारे में कहा गया है कि उसने सोलह वर्ष की उम्र में ही अपनी सारी ग्रंथ रचना समाप्त की थी, उसी अद्भुत प्रतिभाशाली शंकराचार्य का अभ्युदय हुआ। इस सोलह वर्ष के बालक के लेखों से आधुनिक सभ्य संसार विस्मित हो रहा है। वह अद्भुत बालक था। उसने संकल्प किया था कि समग्र भारत को उसके प्राचीन विशुद्ध मार्ग में ले जाऊँगा, पर यह कार्य कितना कठिन और विशाल था, इसका विचार भी करो। उस समय भारत की जैसी अवस्था थी, इसका भी तुम लोगों को दिग्दर्शन कराता हूँ। जिन भीषण आचारों का सुधार करने को तुम लोग अग्रसर हो रहे हो, वे उसी अधःपतन के युग के फल हैं। तातार, बसूची आदि भयानक जातियों के लोग भारत में आकर बौद्ध बने और हमारे साथ मिल गए। अपने राष्ट्रीय आचारों को भी वे साथ लाए। इस तरह हमारा राष्ट्रीय जीवन अत्यंत भयानक पाशव आचारों से भर गया। उक्त ब्राह्मण युवक को बौद्धों से विरासत में यही मिला था और उसी समय से अब तक भारत भर में इसी अधःपतित बौद्ध धर्म पर वेदांत की पुनर्विजय का कार्य उत्पन्न हो रहा है। अब भी काम जारी है। अब भी उसका अंत नहीं हुआ। महादार्शनिक शंकर ने आकर

इस बार दक्षिण देश में भगवान् का आविर्भाव हुआ। उस ब्राह्मण युवक का, जिसके बारे में कहा गया है कि उसने सोलह वर्ष की उम्र में ही अपनी सारी ग्रंथ रचना समाप्त की थी, उसी अद्भुत प्रतिभाशाली शंकराचार्य का अभ्युदय हुआ। इस सोलह वर्ष के बालक के लेखों से आधुनिक सभ्य संसार विस्मित हो रहा है। वह अद्भुत बालक था।

दिखलाया कि बौद्ध धर्म और वेदांत के सारांश में विशेष अंतर नहीं है, किंतु उनके शिष्य अपने आचार्य के उपदेशों का मर्म न समझ हीन हो गए और आत्मा तथा ईश्वर का अस्तित्व अस्वीकार करके नास्तिक हो गए। शंकर ने यही दिखलाया और तब सभी बौद्ध अपने प्राचीन धर्म का अवलंबन करने लगे, पर वे उन अनुष्ठानों के आदी बन गए थे। उन अनुष्ठानों के लिए क्या किया जाए, यह कठिन समस्या उठ खड़ी हुई। तब मतिमान रामानुज का अभ्युदय हुआ। शंकर की प्रतिभा प्रखर थी, किंतु उनका हृदय रामानुज के समान उदार नहीं था। रामानुज का हृदय शंकर की अपेक्षा अधिक विशाल था। उन्होंने पददलितों की पीड़ा का अनुभव किया और उनसे सहानुभूति की। इस समय की प्रचलित अनुष्ठान-पद्धतियों का उन्होंने यथाशक्ति सुधार किया और नई अनुष्ठान-पद्धतियों, नई उपासना-प्रणालियों की सृष्टि उन लोगों के लिए की, जिनके लिए ये अत्यावश्यक थीं। इसी के साथ-साथ उन्होंने ब्राह्मण से लेकर चांडाल तक सबके लिए सर्वोच्च आध्यात्मिक उपासना का द्वार खोल दिया। यह था रामानुज का कार्य!

रामानुज का हृदय शंकर की अपेक्षा अधिक विशाल था। उन्होंने पददलितों की पीड़ा का अनुभव किया और उनसे सहानुभूति की। इस समय की प्रचलित अनुष्ठान-पद्धतियों का उन्होंने यथाशक्ति सुधार किया और नई अनुष्ठान-पद्धतियों, नई उपासना-प्रणालियों की सृष्टि उन लोगों के लिए की, जिनके लिए ये अत्यावश्यक थीं।

उनके कार्य का प्रभाव चारों ओर फैलने लगा, उत्तर भारत तक उसका प्रचार हुआ; वहाँ भी कई आचार्य इसी तरह कार्य करने लगे किंतु यह बहुत देर में, मुसलमानों के शासनकाल में हुआ। उत्तर भारत के इन अपेक्षाकृत आधुनिक आचार्यों में से चैतन्य सर्वश्रेष्ठ थे। रामानुज के समय से धर्म-प्रचार की एक विशेषता की ओर ध्यान दो, तब से धर्म का द्वार सर्वसाधारण के लिए खुला रहा। शंकर के पूर्ववर्ती आचार्यों का यह जैसा मूलमंत्र था, रामानुज के परवर्ती आचार्यों का भी यह वैसा ही मूलमंत्र रहा। मैं नहीं जानता कि लोग शंकर को

अनुदार मत के पोषक क्यों कहते हैं? उनके लिखे ग्रंथों में ऐसा कुछ भी नहीं मिलता, जो उनकी संकीर्णता का परिचय दे। जिस तरह भगवान् बुद्धदेव के उपदेश उनके शिष्यों के हाथ बिगड़ गए, उसी तरह शंकराचार्य के उपदेशों पर संकीर्णता का जो दोष लगाया जाता है, संभवतः वह उनकी शिक्षा के कारण नहीं, वरन् उनके शिष्यों की अयोग्यता के कारण है। उत्तर भारत के महान् संत चैतन्य गोपियों के प्रेमोमत्त भाव के प्रतिनिधि थे। चैतन्यदेव स्वयं एक ब्राह्मण थे। उस समय के एक प्रसिद्ध नैयायिक वंश में उनका जन्म हुआ था। वे न्याय के अध्यापक थे, तर्क द्वारा सबको परास्त करते थे—यही उन्होंने बचपन से जीवन का उच्चतम आदर्श समझ रखा था। किसी महापुरुष की कृपा से इनका संपूर्ण जीवन बदल गया; तब इन्होंने वाद-विवाद, तर्क, न्याय का अध्यापन, सबकुछ छोड़ दिया। संसार में भक्ति के जितने बड़े-बड़े आचार्य हुए हैं, प्रेमोन्मत्त चैतन्य उनमें से एक श्रेष्ठ आचार्य हैं। उनकी भक्ति-तरंग सारे बंगाल में फैल गई, जिससे सबके हृदय को शांति मिली। उनके प्रेम की सीमा न थी। साधु, असाधु, हिंदू, मुसलमान, पवित्र, अपवित्र, वेश्या, पतित—सभी उनके प्रेम के भागी थे, वे सब पर दया रखते थे। यद्यपि काल के प्रभाव से सभी अवनति को प्राप्त होते हैं और उनका चलाया हुआ संप्रदाय घोर अवनति की दशा को पहुँच गया है। फिर भी आज तक वह दरिद्र, दुर्बल, जातिच्युत, पतित, किसी भी समाज में जिनका स्थान नहीं है, ऐसे लोगों का आश्रय स्थान है, परंतु साथ ही सत्य के लिए मुझे स्वीकार करना ही होगा कि दार्शनिक संप्रदायों में ही हम अद्भुत उदार भाव देखते हैं। शंकर-मतावलंबी कोई भी यह बात स्वीकार नहीं करेगा कि भारत के विभिन्न संप्रदायों में वास्तव में कोई भेद है, किंतु जाति-भेद के

किसी महापुरुष की कृपा से इनका संपूर्ण जीवन बदल गया; तब इन्होंने वाद-विवाद, तर्क, न्याय का अध्यापन, सबकुछ छोड़ दिया। संसार में भक्ति के जितने बड़े-बड़े आचार्य हुए हैं, प्रेमोन्मत्त चैतन्य उनमें से एक श्रेष्ठ आचार्य हैं। उनकी भक्ति-तरंग सारे बंगाल में फैल गई, जिससे सबके हृदय को शांति मिली।

विषय में शंकर अत्यंत संकीर्णता का भाव रखते थे। इसके विपरीत प्रत्येक वैष्णवाचार्य में हम जातिविषयक प्रश्नों की शिक्षा के बारे में अद्भुत उदारता देखते हैं, जबकि उनमें धार्मिक प्रश्नों के विषय में अत्यंत संकीर्णता पाते हैं।

एक का था अद्भुत मस्तिष्क, दूसरे का था विशाल हृदय। अब एक ऐसे अद्भुत पुरुष के जन्म लेने का समय आ गया था, जिसमें ऐसा ही हृदय और मस्तिष्क, दोनों एक साथ विराजमान हों, जो शंकर के प्रतिभा-संपन्न मस्तिष्क एवं चैतन्य के अद्भुत, विशाल, अनंत हृदय का एक ही साथ अधिकारी हो, जो देखे कि सब संप्रदाय एक ही आत्मा, एक ही ईश्वर की शक्ति से चालित हो रहे हैं और प्रत्येक प्राणी में वही ईश्वर विद्यमान है, जिसका हृदय भारत में अथवा भारत के बाहर दरिद्र, दुर्बल, पतित सबके लिए द्रवित हो, लेकिन साथ ही, जिसकी विशाल बुद्धि ऐसे महान् तत्त्वों की परिकल्पना करे, जिनसे भारत में अथवा भारत के बाहर सब विरोधी संप्रदायों में समन्वय साधित हो और इस अद्भुत समन्वय द्वारा वह एक हृदय और मस्तिष्क के सार्वभौम धर्म को प्रकट करे। एक ऐसे ही पुरुष ने जन्म ग्रहण किया और मैंने वर्षों तक उनके चरणों तले बैठकर शिक्षा-लाभ का सौभाग्य प्राप्त किया। ऐसे एक पुरुष के जन्म लेने का समय आ गया था, इसकी आवश्यकता पड़ी थी और वह उत्पन्न हुआ। सबसे अधिक आश्चर्य की बात यह थी कि उसका समग्र जीवन एक ऐसे शहर से पास व्यतीत हुआ, जो पाश्चात्य भावों से उन्मत हो रहा था, जो भारत के सब शहरों की अपेक्षा विदेशी भावों से अधिक भरा हुआ था। वहाँ पुस्तकीय ज्ञान से हर प्रकार से अनभिज्ञ वह रहता था। यह महाप्रतिभासंपन्न व्यक्ति अपना नाम तक लिखना नहीं जानता था, किंतु हमारे विश्वविद्यालय के

ऐसे एक पुरुष के जन्म लेने का समय आ गया था, इसकी आवश्यकता पड़ी थी और वह उत्पन्न हुआ। सबसे अधिक आश्चर्य की बात यह थी कि उसका समग्र जीवन एक ऐसे शहर से पास व्यतीत हुआ, जो पाश्चात्य भावों से उन्मत हो रहा था, जो भारत के सब शहरों की अपेक्षा विदेशी भावों से अधिक भरा हुआ था।

बड़े-बड़े अत्यंत प्रतिभावान स्नातकों ने उनको एक महान् बौद्धिक प्रतिभा के रूप में स्वीकार किया। वे अद्‌भुत महापुरुष थे—श्रीरामकृष्ण परमहंस। यह तो एक बड़ी लंबी कहानी है; आज रात को तुम्हें उनके विषय में कुछ भी बताने का समय नहीं है। इसलिए मुझे सब भारतीय महापुरुषों के पूर्ण प्रकाशस्वरूप, युगाचार्य श्रीरामकृष्ण का उल्लेख भर करके आज समाप्त करना होगा। उनके उपदेश आजकल हमारे लिए विशेष कल्याणकारी हैं। उनमें जो ईश्वरीय शक्ति थी, उस पर विशेष ध्यान दो। वे एक दरिद्र ब्राह्मण के लड़के थे। उनका जन्म बंगाल के सुदूर, अज्ञात, अपरिचित किसी एक गाँव में हुआ था। आज यूरोप, अमेरिका के सहस्रों व्यक्ति वास्तव में उनकी पूजा कर रहे हैं, भविष्य में और भी सहस्रों मनुष्य उनकी पूजा करेंगे। ईश्वर की लीला कौन समझ सकता है?

भाइयो, तुम यदि इसमें विधाता का हाथ नहीं देखते, तो अंधे हो, सचमुच जन्मांध हो। यदि समय मिला, यदि दूसरा अवसर मिल सका, तो इनके संबंध में विस्तारपूर्वक कहूँगा। इस समय केवल इतना ही कहा चाहता हूँ कि यदि मैंने जीवन भर एक भी सत्य शब्द कहा है, तो वह उन्हीं का, केवल उनका ही शब्द है; पर यदि मैंने ऐसे शब्द कहे हैं, जो असत्य, भ्रमपूर्ण अथवा मानव जाति के लिए हितकारी न हों, तो वे सब मेरे ही शब्द हैं और उनके लिए पूरा उत्तरदायी मैं ही हूँ।

□

श्रीकृष्ण और कर्मयोग

जहाँ तक मैं जानता हूँ कि वे एक सुसामंजस्यपूर्ण मस्तिष्क, हृदय और कर-नैपुण्य (ज्ञान, भक्ति और कर्म) में आश्चर्यजनक रूप से सम विकसित व्यक्ति हैं। उनका प्रत्येक क्षण क्रियाशीलता से, चाहे वह एक संभ्रांत जन की हो, योद्धा, अमात्य या किसी अन्य की हो, जीवंत है। वे एक संभ्रांत पुरुष, एक विद्वान् और एक कवि के रूप में महान् हैं। इस सर्वतोमुखी और आश्चर्यजनक क्रियाशीलता तथा हृदय और मस्तिष्क के समन्वय को तुम 'गीता' तथा अन्य ग्रंथों में पाते हो। परम आश्चर्यजनक हृदय, उत्कृष्टतम भाषा कहीं कुछ भी उसे पा नहीं सकता। व्यक्तित्व की प्रबल क्रियाशीलता यही धारणा अब तक बनी हुई है। पाँच हजार वर्ष बीत चुके हैं और उन्होंने कोटि-कोटि जन को प्रभावित किया है। जरा सोचो कि इस व्यक्ति का समग्र जगत् पर कितना प्रभाव है, भले ही तुम उनसे अवगत हो या न हो। उनके प्रति मेरा सम्मान भाव उनकी पूर्ण प्रकृतिस्थता के कारण है। उस मस्तिष्क में न तो जाले हैं, न अंधविश्वास। वे प्रत्येक वस्तु का उपयोग जानते हैं और जब उनमें से प्रत्येक को स्थान देना आवश्यक होता है, वे वहाँ मौजूद मिलते हैं।

कृष्ण का यही महान् कार्य था, हमारी आँखों को स्वच्छ कराना और मानवता की ऊर्ध्वगामी तथा अग्रगामी प्रगति को विशालतर दृष्टि से दिखाना। उनका ही पहला हृदय था, जिसमें सबमें विद्यमान सत्य को देख सकने की विशालता थी और उनकी ही प्रथम वाणी थी, जिससे प्रत्येक और समस्त के निमित्त सुंदर शब्द उच्चरित हुए।

कृष्ण में हमें उनके संदेश में दो विचार सर्वोपरि मिलते हैं—पहला है, विभिन्न विचारों का सामंजस्य और दूसरा है, अनासक्ति।

अहेतुकी भक्ति, यह निष्काम कर्म, यह निरपेक्ष कर्तव्य-निष्ठा का आदर्श धर्म के इतिहास में एक नया अध्याय है। मानव-इतिहास में प्रथम बार भारतभूमि पर सर्वश्रेष्ठ अवतार श्रीकृष्ण के मुँह से पहले पहल यह तत्त्व निकला था। भय और प्रलोभनों के धर्म सदा के लिए विदा हो गए और मनुष्य-हृदय में नरक-भय और स्वर्ग-सुख-भोग के प्रलोभन होते हुए भी ऐसे सर्वोत्तम आदर्श का अभ्युदय हुआ, जैसे प्रेम प्रेम के निमित्त, कर्तव्य कर्तव्य के निमित्त और कर्म कर्म के निमित्त।

इस जगत् में प्रत्येक मनुष्य को कर्म करना ही पड़ेगा। केवल वही व्यक्ति कर्म से परे है, जो संपूर्ण रूप से आत्मतृप्त है, जिसे आत्मा के अतिरिक्त अन्य कोई भी कामना नहीं, जिसका मन आत्मा को छोड़ अन्यान्य कहीं भी गमन नहीं करता, जिसके लिए आत्मा ही सर्वस्व है। शेष सभी व्यक्तियों को तो कर्म अवश्य ही करना पड़ेगा।

इस जगत् में प्रत्येक मनुष्य को कर्म करना ही पड़ेगा। केवल वही व्यक्ति कर्म से परे है, जो संपूर्ण रूप से आत्मतृप्त है, जिसे आत्मा के अतिरिक्त अन्य कोई भी कामना नहीं, जिसका मन आत्मा को छोड़ अन्यान्य कहीं भी गमन नहीं करता, जिसके लिए आत्मा ही सर्वस्व है।

किसी मनुष्य ने चाहे एक भी दर्शनशास्त्र न पढ़ा हो, किसी प्रकार के ईश्वर में विश्वास न किया हो और न करता हो, चाहे उसने अपने जीवन भर में एक बार भी प्रार्थना न की हो, परंतु केवल सत्कार्यों की शक्ति द्वारा उस अवस्था में पहुँच गया है, जहाँ वह दूसरों के लिए अपना जीवन और सबकुछ उत्सर्ग करने को तैयार करता है, तो हमें समझना चाहिए कि वह उसी लक्ष्य को पहुँच गया है, जहाँ भक्त अपनी उपासना द्वारा तथा दार्शनिक अपने ज्ञान द्वारा पहुँचता है। इस प्रकार तुम देखते हो कि ज्ञानी, कर्मी और भक्त, तीनों एक ही स्थान पर पहुँचते हैं और वह स्थान है—आत्मत्याग। लोगों के दर्शन और धर्म में कितना ही भेद क्यों न हो, जो

व्यक्ति अपना जीवन दूसरों के लिए अर्पित करने को उद्यत रहता है, उसके प्रति समग्र मानवता श्रद्धा और भक्ति से नत हो जाती है।

कर्मयोग के अनुसार, बिना फल उत्पन्न किए कोई भी कर्म नष्ट नहीं हो सकता। प्रकृति की कोई भी शक्ति उसे फल उत्पन्न करने से रोक नहीं सकती। यदि मैं कोई बुरा कर्म करूँ, तो उसका फल मुझे भोगना ही पड़ेगा; विश्व में ऐसी कोई शक्ति नहीं, जो इसे रोक सके। इसी प्रकार, यदि मैं कोई सत्कार्य करूँ, तो विश्व में ऐसी कोई शक्ति नहीं, जो उसके शुभ फल को रोक सके।

हमारा मन जिस प्रणाली अथवा विधि से कुछ घटना-शृंखला धारण करता है, उसी को हम 'नियम' कहते हैं, और यह हमारे मन में ही स्थित है। एक-दूसरे के बाद अथवा एक ही साथ घटित होने वाली घटनाएँ तथा उसके पश्चात् उनकी नियमित पुनरावृत्ति में विश्वास, जिससे हमारा मन संपूर्ण शृंखला की प्रणाली को ग्रहण करने में समर्थ होता है—नियम कहते हैं।

आदर्श पुरुष तो वे हैं, ज़ो परम शांति एवं निस्तब्धता के बीच भी तीव्र कर्म का तथा प्रबल कर्मशीलता के बीच भी मरुस्थल की शांति एवं निस्तब्धता का अनुभव करते हैं। उन्होंने संयम का रहस्य जान लिया है, अपने ऊपर विजय प्राप्त कर चुके हैं। किसी बड़े शहर की भरी हुई सड़कों के बीच से जाने पर भी उनका मन उसी प्रकार शांत रहता है, मानो वे किसी निःशब्द गुफा में हों और फिर भी उनका मन सारे समय कर्म में तीव्र रूप से लगा रहता है। यही कर्मयोग का आदर्श है और यदि तुमने यह प्राप्त कर लिया है, तो तुम्हें वास्तव में कर्म का रहस्य ज्ञात हो गया।

अब तुमने देखा, कर्मयोग का अर्थ क्या है ? उसका अर्थ है—मौत के मुँह में भी जाकर बिना तर्क-वितर्क किए सबकी सहायता करना। भले ही तुम लाखों बार ठगे जाओ, पर मुँह से एक बात तक न निकालो और तुम जो कुछ भले कार्य कर रहे हो, उनके संबंध में सोचो तक नहीं। निर्धन के प्रति किए गए उपकार पर गर्व मत करो और न उससे कृतज्ञता की ही आशा रखो, बल्कि उलटे तुम्हीं उसके कृतज्ञ होओ—यह सोचकर कि उसने तुम्हें दान देने का एक अवसर दिया है।

कर्मयोग क्या है ? कर्म के रहस्य का ज्ञान

संसार में इधर-उधर धक्के खाकर तथा बहुत समय तक चोटें सहकर वस्तुओं के यथार्थ स्वरूप को जानने की अपेक्षा हमें कर्मयोग द्वारा सहज ही कर्म का रहस्य, कर्म की पद्धति तथा कर्म की संघटन शक्ति ज्ञात हो जाती है। यदि हमें उसके उपयोग का ज्ञान न रहे, तो व्यर्थ ही हमारी बहुत सी शक्ति क्षय हो जाएगी। कर्मयोग कर्म को एक विज्ञान ही बना लेता है, जिसके द्वारा तुम यह जान सकते हो कि संसार के समस्त कार्यों का सर्वोत्तम उपयोग किस प्रकार करना चाहिए ? कर्म तो अनिवार्य है, करना ही पड़ेगा किंतु सर्वोच्च ध्येय को सम्मुख रखकर कार्य करो।

कर्मयोग कहता है कि निरंतर कर्म करो, परंतु कर्म में आसक्ति का त्याग कर दो। अपने को किसी भी विषय के साथ एकरूप मत कर डालो, अपने मन को मुक्त रखो। संसार में तुम्हें जो क्लेश और दुःख दिखाई देते हैं, वे तो विश्व के अपरिहार्य व्यापार हैं।

कर्मयोग कहता है कि निरंतर कर्म करो, परंतु कर्म में आसक्ति का त्याग कर दो। अपने को किसी भी विषय के साथ एकरूप मत कर डालो, अपने मन को मुक्त रखो। संसार में तुम्हें जो क्लेश और दुःख दिखाई देते हैं, वे तो विश्व के अपरिहार्य व्यापार हैं। दरिद्रता, संपत्ति-सुख, ये सब क्षणिक हैं, वास्तव में हमारे यथार्थ स्वरूप से इनका कोई संबंध नहीं। हमारा संबंध तो सुख और दुःख से एकदम परे है, प्रत्यक्ष और कल्पनागोचर विषयों से बिल्कुल अतीत है, परंतु फिर भी हमें निरंतर कर्म करते रहना चाहिए। 'क्लेश आसक्ति से ही उत्पन्न होता है, कर्म से नहीं।' ज्यों ही हम अपने कर्म से स्वयं को एकरूप कर डालते हैं, त्यों ही क्लेश उत्पन्न होता है, परंतु यदि हम अपने को उससे एकरूप न करें, तो हमें यह क्लेश छू तक नहीं सकता।

यह 'मैं और मेरा' ही समस्त क्लेश की जड़ है। भोग की भावना के साथ ही स्वार्थ आ जाता है और स्वार्थपरता से ही क्लेश उत्पन्न होता है। स्वार्थपरता

का प्रत्येक कार्य और विचार हमें किसी-न-किसी वस्तु से आसक्त कर देता है और हम तुरंत दास बन जाते हैं। चित्त की प्रत्येक लहर, जिसमें 'मैं और मेरे' की भावना रहती है, हमें उसी क्षण जंजीरों से जकड़कर गुलाम बना देती है। हम जितना ही 'मैं' और 'मेरा' कहते हैं, दासत्व का भाव हममें उतना ही बढ़ता जाता है और हमारे क्लेश भी उतने ही अधिक बढ़ जाते हैं। अतएव कर्मयोग हमें शिक्षा देता है कि हम संसार के समस्त चित्रों के सौंदर्य का आनंद उठाएँ, परंतु उनमें से किसी एक के भी साथ एकरूप न हो जाएँ।

कर्मयोग कहता है कि पहले तुम स्वार्थपरता के अंकुर के बढ़ने की इस प्रवृत्ति को नष्ट कर दो और जब तुममें इसको रोकने की क्षमता आ जाए, तो उसे पकड़े रहो और मन को स्वार्थपरता की वीथियों में न जाने दो। फिर तुम संसार में जाकर और यथाशक्ति कर्म कर सकते हो। फिर तुम सबसे मिल सकते हो, जहाँ चाहो, जा सकते हो, तुम्हें कुछ भी पाप स्पर्श न कर सकेगा। पानी में रहते हुए भी जिस प्रकार पद्मपत्र को पानी स्पर्श नहीं कर सकता और न उसे भिगो सकता है, उसी प्रकार तुम भी संसार में निर्लिप्त भाव से रह सकोगे।

कर्मयोग कहता है कि पहले तुम स्वार्थपरता के अंकुर के बढ़ने की इस प्रवृत्ति को नष्ट कर दो और जब तुममें इसको रोकने की क्षमता आ जाए, तो उसे पकड़े रहो और मन को स्वार्थपरता की वीथियों में न जाने दो। फिर तुम संसार में जाकर और यथाशक्ति कर्म कर सकते हो।

बाह्य शरीर के प्रति हम जो भी कहते हैं, उससे अनासक्ति का संबंध नहीं है। वह तो पूर्णतया मन में होती है। 'मैं और मेरे' को बाँधने वाली जंजीर तो मन में ही रहती है। यदि शरीर और इंद्रियगोचर विषयों के साथ इस जंजीर का संबंध न रहे, तो फिर हम कहीं भी क्यों न रहें, हम बिल्कुल अनासक्त रहेंगे। हो सकता है कि एक व्यक्ति राजसिंहासन पर बैठा हो, परंतु फिर भी बिल्कुल अनासक्त हो; और दूसरी ओर यह भी संभव है कि एक व्यक्ति चीथड़ों में हो,

पर फिर भी वह बुरी तरह आसक्त हो। पहले हमें इस प्रकार की अनासक्ति प्राप्त कर लेनी होगी और फिर सतत कार्य करते रहना होगा। यद्यपि यह है बड़ा कठिन, परंतु कर्मयोग समस्त आसक्ति से मुक्त होने में सहायक प्रक्रिया सिखा देता है।

आसक्ति का संपूर्ण त्याग करने के दो उपाय हैं। प्रथम उपाय उन लोगों के लिए है, जो न तो ईश्वर में विश्वास करते हैं और न किसी बाहरी सहायता में। वे अपने ही उपायों का प्रयोग कर सकते हैं, उन्हें अपनी ही इच्छा-शक्ति, मन:शक्ति एवं विवेक का अवलंबन करके कहना होगा, "मैं अनासक्त होऊँगा ही।" जो ईश्वर पर विश्वास करते हैं, उनके लिए एक दूसरा मार्ग है, जो इसकी अपेक्षा बहुत सरल है। वे समस्त कर्मफलों को ईश्वर को अर्पित करके कर्म करते जाते हैं, इसलिए कर्मफल में कभी आसक्त नहीं होते। वे जो कुछ देखते हैं, अनुभव करते हैं, सुनते हैं अथवा करते हैं, वह सब भगवान् के लिए ही होता है। हम जो कुछ भी सत्-कार्य करें, उससे हमें किसी प्रकार की प्रशंसा अथवा लाभ की आशा नहीं करनी चाहिए। वह तो सब प्रभु का ही है। सारे फल उन्हीं को अर्पित कर दो।

अग्नि में आहुतियाँ देने की अपेक्षा दिन-रात केवल यही एक महान् आहुति—अपने इस क्षुद्र 'अहं' की आहुति—देते रहो। 'संसार में धन की खोज करते रहते हैं प्रभु, मैंने केवल तुम्हीं को एकमात्र प्रेमास्पद पाया; मैं तुम्हारे चरणों में अपनी बलि देता हूँ।'

अग्नि में आहुतियाँ देने की अपेक्षा दिन-रात केवल यही एक महान् आहुति—अपने इस क्षुद्र 'अहं' की आहुति—देते रहो। 'संसार में धन की खोज करते रहते हैं प्रभु, मैंने केवल तुम्हीं को एकमात्र प्रेमास्पद पाया; मैं तुम्हारे चरणों में अपनी बलि देता हूँ।' हमें चाहिए कि हम दिन-रात यही दुहराते रहें और कहें, "हे प्रभु! मुझे कुछ नहीं चाहिए। कोई वस्तु चाहे अच्छी हो, चाहे बुरी, चाहे तटस्थ, मैं उसे तनिक भी नहीं चाहता। मैं सबकुछ तुम्हीं को समर्पण करता हूँ।" रात-दिन हमें इस तथाकथित भासमान 'अहं' का त्याग करते रहना

चाहिए, जब तक कि यह स्वभाव के रूप में परिणत न हो जाए, जब तक कि यह हमारे शरीर की शिरा-शिरा में, नस-नस में और मस्तिष्क में व्याप्त न हो जाए और हमारा संपूर्ण शरीर प्रतिक्षण आत्मत्याग के इस भाव का अनुवर्ती न हो जाए। फिर तुम तोप के धमाकों और रण के तुमुल कोलाहल से पूर्ण युद्धक्षेत्र में जाओ, वहाँ पर भी तुम अपने को सदैव मुक्त और शांतियुक्त पाओगे।

मैं काम करना चाहता हूँ, मैं किसी मनुष्य का उपकार करना चाहता हूँ। और नब्बे में एक यही देखा जाता है कि मैंने जिसकी सहायता की है, वह व्यक्ति सारे उपकारों को भूलकर मुझसे शत्रुता करता है—फल यह होता है कि मुझे कष्ट मिलता है।

मैं काम करना चाहता हूँ, मैं किसी मनुष्य का उपकार करना चाहता हूँ। और नब्बे में एक यही देखा जाता है कि मैंने जिसकी सहायता की है, वह व्यक्ति सारे उपकारों को भूलकर मुझसे शत्रुता करता है—फल यह होता है कि मुझे कष्ट मिलता है। इस प्रकार की घटनाएँ ही मनुष्य को कर्म से विरत कर देती हैं और इन दुःखों और कष्टों का भय ही मनुष्यों के कर्म और उद्यम को नष्ट कर देता है। किसकी सहायता की जा रही है अथवा किस कारण से सहायता की जा रही है, इत्यादि विषयों पर ध्यान न रखते हुए अनासक्त भाव से केवल कर्म के लिए कर्म करना चाहिए—कर्मयोग यही शिक्षा देता है। कर्मयोगी कर्म करते हैं। कारण, यह उनका स्वभाव है। वे अनुभव करते हैं कि ऐसा करना ही उनके लिए कल्याणप्रद है—इसको छोड़ उनका और कोई उद्देश्य नहीं रहता। वे संसार में सर्वदा दाता का आसन ग्रहण करते हैं, कभी किसी वस्तु की प्रत्याशा नहीं रखते। वे जान-बूझकर दान करते जाते हैं, परंतु प्रतिदानस्वरूप वे कुछ नहीं चाहते, इसी कारण वे दुःखों से मुक्ति पाते हैं।

निस्स्वार्थ कर्म द्वारा मानव जीवन के चरम लक्ष्य, इस मुक्ति को प्राप्त कर लेना ही कर्मयोग है। अतएव हमारा प्रत्येक स्वार्थपूर्ण कार्य अपने इस लक्ष्य तक हमारे पहुँचने में बाधक होता है तथा प्रत्येक निस्स्वार्थ कर्म हमें

उसकी और आगे बढ़ाता है। इसीलिए नैतिकता की यही एकमात्र परिभाषा हो सकती है कि "जो स्वार्थपरक है, वह 'अनैतिक' है और जो निस्स्वार्थपरक है, वह 'नैतिक' है।"

कर्मयोगी को किसी भी प्रकार के सिद्धांत में विश्वास करने की आवश्यकता नहीं। वह ईश्वर में भी चाहे विश्वास न करे, आत्मा के संबंध में न जानना चाहे या किसी प्रकार का दार्शनिक विचार भी न करे, इससे कुछ बनता-बिगड़ता नहीं। उसके सम्मुख उसका अपना लक्ष्य रहता है—निस्स्वार्थता की उपलब्धि और उसको अपने प्रयत्न द्वारा ही उसे प्राप्त करना होता है। उसके जीवन के प्रत्येक क्षण में यह उपलब्धि होनी चाहिए, क्योंकि उसे किसी मत का सिद्धांत की सहायता किए बिना ही अपनी इस समस्या का समाधान केवल कर्म द्वारा करना होता है, जबकि ज्ञानी उसी समस्या का समाधान अपने विचार और अंतर्प्रेरणा द्वारा तथा भक्त अपनी भक्ति द्वारा करता है।

कर्मयोगी को किसी भी प्रकार के सिद्धांत में विश्वास करने की आवश्यकता नहीं। वह ईश्वर में भी चाहे विश्वास न करे, आत्मा के संबंध में न जानना चाहे या किसी प्रकार का दार्शनिक विचार भी न करे, इससे कुछ बनता-बिगड़ता नहीं।

संसार-क्षेत्र में कुछ पढ़ें और कर्म का रहस्य जान लें। इसी को 'कर्मयोग' कहते हैं। इस संसार-यंत्र से दूर न भागो, वरन् इसके अंदर ही खड़े होकर कर्म का रहस्य सीख लो। भीतर रहकर कौशल से कर्म करके बाहर निकल आना संभव है। इस यंत्र से होकर ही बाहर निकल आने का मार्ग है।

लोगों ने मुझसे यह प्रश्न अनेक बार किया है कि हम कार्य के लिए जो एक प्रकार का आवेग अनुभव करते हैं, यदि वह न रहे तो हम कार्य कैसे करेंगे? मैं भी बहुत दिन पहले यही सोचता था, किंतु जैसे-जैसे मेरी आयु बढ़ रही है, जितना अनुभव बढ़ता जा रहा है, उतना ही मैं देखता हूँ कि यह सत्य

नहीं है। कार्य के भीतर आवेग जितना ही कम रहता है, उतना ही उत्कृष्ट वह होता है। हम लोग जितने अधिक शांत होते हैं, उतना ही उत्कृष्ट वह होता है। हम लोग जितने अधिक शांत होते हैं, उतना ही हम लोगों का आत्मकल्याण होता है और हम काम भी अधिक अच्छी तरह कर पाते हैं। जब हम लोग भावनाओं के अधीन हो जाते हैं, तब अपनी शक्ति का अपव्यय करते हैं, अपने स्नायुसमूह को विकृत कर डालते हैं, मन को चंचल बना डालते हैं, किंतु काम बहुत कम कर पाते हैं। जिस शक्ति का कार्यरूप में परिणत होना उचित था, वह वृथा भावुकता मात्र में पर्यवसित होकर क्षय हो जाती है। जब मन अत्यंत शांत और एकाग्र रहता है, केवल तभी हम लोगों की समस्त शक्ति सत्कार्य में व्यय होती है। यदि तुम जगत् के महान् कार्यकुशल व्यक्तियों की जीवनी कभी पढ़ो, तो देखोगे कि वे अद्भुत शांत प्रकृति के लोग थे। कोई भी वस्तु उनके चित्त की स्थिरता भंग नहीं कर पाती थी। इसीलिए जो व्यक्ति शीघ्र ही क्रोध, घृणा या किसी अन्य आवेग से अभिभूत हो जाता है, वह कोई काम नहीं कर पाता। केवल शांत, क्षमाशील, स्थिरचित्त व्यक्ति ही सबसे अधिक काम कर पाता है।

जब हम लोग भावनाओं के अधीन हो जाते हैं, तब अपनी शक्ति का अपव्यय करते हैं, अपने स्नायुसमूह को विकृत कर डालते हैं, मन को चंचल बना डालते हैं, किंतु काम बहुत कम कर पाते हैं। जिस शक्ति का कार्यरूप में परिणत होना उचित था, वह वृथा भावुकता मात्र में पर्यवसित होकर क्षय हो जाती है।

पद्मपत्र जैसे पानी में रहकर भी उससे नहीं भीगता, उसी प्रकार मनुष्य को भी संसार में रहना चाहिए। उसका हृदय ईश्वर में लगा रहे और उसके हाथ कर्म करने में लगे रहें।

तपस्या करने में ही कितने मनुष्यों का मन लगता है ? कामिनी कांचन के आकर्षण में पड़कर कितने मनुष्य भगवान् लाभ करने की इच्छा करते हैं ? तपस्या जैसी कठिन है, निष्काम कर्म भी वैसा ही कठिन है। अतएव औरों

के मंगल के लिए जो लोग कार्य करते हैं, उनके विरुद्ध तुझे कुछ कहने का अधिकार नहीं है। तुझे यदि तपस्या अच्छी लगे तो तू किए जा, परंतु यदि किसी को कर्म ही अच्छा लगे, तो उसे रोकने का तुझे क्या अधिकार है ? तू क्या यही सोच बैठा है कि कर्म तपस्या नहीं है ?

जैसे साधन-भजन का अभ्यास करते-करते उस पर दृढ़ता हो जाती है, वैसे ही पहले अनिच्छा के साथ कर्म करते-करते भी क्रमशः हृदय उसी में मग्न हो जाता है और परार्थ कार्य करने में प्रवृत्ति होती है। तुम एक बार अनिच्छा के साथ ही औरों की सेवा कर देखो न, फिर देखो तपस्या का फल प्राप्त होता है या नहीं ? परार्थ कर्म करने के फल से मन का टेढ़ापन नष्ट हो जाता है और वह मनुष्य निष्कपट भाव से औरों के मंगल के लिए प्राण देने को भी तैयार हो जाता है।

अपना ही हित साधन। यदि तुम यह सोचो कि तुमने इस शरीर की, जिसका अहंभाव लिये बैठे हो, दूसरों के निमित्त उत्सर्ग कर दिया है, तो तुम इस अहंभाव को भी भूल जाओगे और अंत में विदेह बुद्धि आ जाएगी। एकाग्रचित्त से औरों के लिए जितना सोचोगे, उतना ही अपने अहंभाव को भूलोगे। इस प्रकार कर्म करने पर जब क्रमशः चित्तशुद्धि हो जाएगी, तब इस तत्त्व की अनुभूति होगी कि अपनी ही आत्मा सब जीवों तथा घटों में विराजमान है। औरों का हित करना आत्मविकास का एक उपाय है, एक पथ है। इसे भी एक प्रकार की ईश्वर साधना जानना। इसका भी उद्‌देश्य आत्मविकास है। ज्ञान, भक्ति आदि की साधना से जैसा आत्मविकास होता है, पदार्थ कर्म करने से भी वैसा ही होता है।

अपना ही हित साधन। यदि तुम यह सोचो कि तुमने इस शरीर की, जिसका अहंभाव लिये बैठे हो, दूसरों के निमित्त उत्सर्ग कर दिया है, तो तुम इस अहंभाव को भी भूल जाओगे और अंत में विदेह बुद्धि आ जाएगी। एकाग्रचित्त से औरों के लिए जितना सोचोगे, उतना ही अपने अहंभाव को भूलोगे।

यदि संसार त्यागने के उपदेश को उसके प्राचीन स्थूल अर्थ में ग्रहण किया जाए, तो निष्कर्ष यही निकलता है कि हमें कोई कार्य करने की आवश्यकता नहीं। आलसी होकर मिट्टी के ढेले की भाँति बैठे रहना ठीक होगा, कोई विचार या कार्य करने की तनिक भी आवश्यकता नहीं। अदृष्टवादी होकर, घटना-चक्र की लताड़ें खाकर, प्राकृतिक नियमों द्वारा परिचालित होकर इधर-उधर घूमते रहने से ही काम चल जाएगा। बस, यही निष्कर्ष निकलता है, किंतु पूर्वोक्त उपदेश का अर्थ वास्तव में यह नहीं है। हम लोगों को कार्य अवश्यमेव करना पड़ेगा। व्यर्थ की भावनाओं के चक्र में पड़कर इधर-उधर भटकते-फिरने वाले साधारण जन कार्य के संबंध में भला क्या जानें? जो व्यक्ति अपनी भावनाओं और इंद्रियों से परिचालित है, वह भला कार्य को क्या समझे? कार्य वही कर सकता है, जो किसी वासना द्वारा, किसी स्वार्थपरता द्वारा परिचालित नहीं होता। वे कार्य करते हैं, जिनकी कोई कामना नहीं है। वे ही कार्य करते हैं, जो बदले में किसी लाभ की आशा नहीं रखते।

□

भगवद्गीता

'भगवद्गीता' तो छोटे के अंदर महान् को देखने की शिक्षा देती है। धन्य है वह ग्रंथ। 'गीता' का केंद्रीय भाव यह है—निरंतर कर्म करते रहो, परंतु उसमें आसक्त मत होओ।

यह वेदांत दर्शन का एक सर्वोत्तम भाष्यस्वरूप है। कितने आश्चर्य की बात है कि इस उपदेश का केंद्र है संग्राम-स्थल, जहाँ श्रीकृष्ण ने अर्जुन को इस दर्शन का उपदेश दिया और 'गीता' के प्रत्येक पृष्ठ पर जो मत उज्ज्वल रूप से प्रकाशित है, वह है तीव्र कर्मण्यता, किंतु उसी के बीच अनंत शांतभाव। इसी तत्त्व को कर्म-रहस्य कहा गया है और इस अवस्था को पाना ही वेदांत का लक्ष्य है।

हम दीपक के प्रकाश में 'गीता' का पाठ कर रहे हैं, पर अनेक पतिंगे जलकर मरते जा रहे हैं। इसी से यह स्पष्ट हो जाता है कि प्रत्येक कर्म में कुछ-न-कुछ दोष रहता ही है। जो अपना क्षुद्र अहंभाव भूलकर कार्य करते हैं, उन पर इन दोषों का प्रभाव नहीं पड़ता, क्योंकि वे संसार की भलाई के लिए कर्म करते हैं। निष्काम और अनासक्त होकर कार्य करने से हमें परम आनंद और मुक्ति की प्राप्ति होती है। 'गीता' में भगवान् श्रीकृष्ण ने कर्मयोग के इसी रहस्य की शिक्षा दी है।

संभव है, 'भगवद्गीता' का द्वितीय अध्याय पढ़कर तुम पाश्चात्य देश वालों में से बहुतों को आश्चर्य हुआ हो, क्योंकि वहाँ शत्रुओं के मित्र एवं संबंधी होने के कारण अर्जुन के उनसे युद्ध करने से अस्वीकार करने तथा

अप्रतिरोध को प्रेम का सर्वोच्च आदर्श मानने पर श्रीकृष्ण ने अर्जुन को ढोंगी तथा डरपोक कहा है। इस महान् सत्य को हम सबको अवगत कर लेना चाहिए कि सभी विषयों में दोनों चरम अवस्थाएँ एक सदृश होती हैं। चरम 'अस्ति' और चरम 'नास्ति', दोनों सदैव एक समान होते हैं।

हम ऐसा कोई भी कर्म नहीं कर सकते, जिससे कहीं कुछ शुभ न हो; और ऐसा भी कोई कर्म नहीं है, जिससे कहीं-न-कहीं कुछ अशुभ न हो। प्रत्येक कर्म अनिवार्य रूप से गुण-दोष से मिश्रित रहता है। परंतु फिर भी हमें सतत कर्म करते रहने का ही आदेश है।

अपने विपक्ष में शक्तिशाली सेना को खड़ी देखकर अर्जुन कायर हो गया; उसके 'प्रेम' ने उसे अपने देश तथा राजा के प्रति अपने कर्तव्य को विस्मृत करा दिया। इसीलिए तो भगवान् श्रीकृष्ण ने उससे कहा कि तू ढोंगी है, "एक ज्ञानी के सदृश तू बातें तो करता है, परंतु तेरे कर्म कायरों जैसे हैं। इसलिए तू उठ, खड़ा हो और युद्ध कर।"

'भगवद्गीता' में हम बार-बार पढ़ते हैं कि हमें निरंतर कर्म करते रहना चाहिए। कर्म स्वभावतः ही शुभ-अशुभ से निर्मित होता है। हम ऐसा कोई भी कर्म नहीं कर सकते, जिससे कहीं कुछ शुभ न हो; और ऐसा भी कोई कर्म नहीं है, जिससे कहीं-न-कहीं कुछ अशुभ न हो। प्रत्येक कर्म अनिवार्य रूप से गुण-दोष से मिश्रित रहता है। परंतु फिर भी हमें सतत कर्म करते रहने का ही आदेश है। शुभ और अशुभ, दोनों के अपने अलग-अलग परिणाम होंगे, वे भी कर्म की उत्पत्ति करेंगे। शुभ कर्मों का फल शुभ होगा और अशुभ कर्मों का फल अशुभ, परंतु शुभ और अशुभ, दोनों ही आत्मा के लिए बंधनस्वरूप हैं। इस संबंध में 'गीता' का कथन है कि यदि हम अपने कर्मों में आसक्त न हों, तो हमारी आत्मा पर किसी प्रकार का बंधन नहीं पड़ सकता।

दुःख का एकमेव कारण यह है कि हम आसक्त हैं, हम बँधते जा रहे हैं। इसीलिए 'गीता' में कहा है; निरंतर काम करते रहो, पर आसक्त मत होओ; बंधन में मत पड़ो। प्रत्येक वस्तु से अपने आपको स्वतंत्र बना लेने की शक्ति

स्वयं में संचित रखो। वह वस्तु तुम्हें बहुत प्यारी क्यों न हो, तुम्हारा प्राण उसके लिए चाहे जितना ही लालायित क्यों न हो, उसके त्यागने में तुम्हें चाहे जितना कष्ट क्यों न उठाना पड़े, फिर भी अपनी इच्छानुसार उसके त्याग करने की अपनी शक्ति सँजोए रहो।

तुम्हारे हृदय के प्रेम पर केवल एक व्यक्ति का अधिकार है, केवल उसका अधिकार है, जो कभी बदलता नहीं। वह कौन है? यह केवल ईश्वर ही है। इसलिए श्रीकृष्ण ने 'गीता' में उपदेश दिया है, एकमात्र ईश्वर ही ऐसा है, जो कभी नहीं बदलता। उसका स्नेह अनंत और अपरिवर्तनशील है।

'गीता' कर्मयोग की शिक्षा देती है। हमें योग (एकाग्रता) द्वारा कर्म करना चाहिए। इस प्रकार के कर्मयोग में क्षुद्र अहंभाव की चेतना नहीं रह जाती। जब योगयुक्त होकर कार्य किया जाता है, तब मैं यह-वह कर रहा हूँ, यह ध्यान ही नहीं रहता। पाश्चात्यों की समझ में यह बात नहीं आती। वे कहते हैं कि यदि अहंभाव न रहे, यदि अहं का नाश हो जाए, तो फिर किसी मनुष्य के लिए कार्य कर सकना किस प्रकार संभव हो सकता है? पर जो अपने को संपूर्णतः भूलकर एकाग्रचित्त से कार्य करता है, उसका कार्य निश्चय ही अप्रतिम रूप से अच्छा होता है, और इसका अनुभव प्रत्येक व्यक्ति ने अपने जीवन में किया होगा।

'गीता' कर्मयोग की शिक्षा देती है। हमें योग (एकाग्रता) द्वारा कर्म करना चाहिए। इस प्रकार के कर्मयोग में क्षुद्र अहंभाव की चेतना नहीं रह जाती। जब योगयुक्त होकर कार्य किया जाता है, तब मैं यह-वह कर रहा हूँ, यह ध्यान ही नहीं रहता। पाश्चात्यों की समझ में यह बात नहीं आती।

'गीता' की शिक्षा है कि सभी कार्यों को इसी तरह पूर्णता के साथ करना चाहिए। जो योग द्वारा प्रभु से एकरूप हो गया है, वह अपने सभी कार्यों को इसी एकाग्रता के साथ करता है और अपने स्वार्थ की कुछ भी चाह नहीं रखता। इस प्रकार किए हुए कर्म द्वारा संसार की भलाई ही होती है, उससे

किसी प्रकार की बुराई नहीं हो सकती। जो इस प्रकार कर्म करते हैं, वे अपने लिए कभी कुछ नहीं करते।

'गीता' में यदि कोई ऐसी बात है, जिसे मैं पसंद करता हूँ, तो ये दो श्लोक हैं। कृष्ण के उपदेश के सारस्वरूप इन श्लोकों से बड़ा भारी बल प्राप्त होता है—

सम सर्वेषु भूतेषु निष्ठन्तं परमेश्वरम्।
विनश्यत्स्वविनश्यन्तं यः पश्यति स पश्यति॥

और

समं पश्यत् हि सर्वत्र समवस्थितमीश्वरम्।
न हिस्त्यात्मनात्मानं ततो याति परां गतिम्॥

'विनाश होने वाले सब भूतों में जो लोग अविनाशी परमात्मा को स्थित देखते हैं, यथार्थ में उन्हीं का देखना सार्थक है, क्योंकि ईश्वर को सर्वत्र समान भाव से देखकर वे आत्मा द्वारा आत्मा की हिंसा नहीं करते, इसलिए वे परमगति को प्राप्त होते है।'

भगवद्गीता वेदांत का सर्वश्रेष्ठ प्रमाणभूत ग्रंथ है।

'गीता' की मौलिकता किस बात में है, जिससे पूर्ववर्ती सभी शास्त्रों से वह विशिष्ट मानी जा सकती है? यद्यपि उसके प्रवर्तन के पूर्व योग, ज्ञान, भक्ति आदि सभी के दृढ़ अनुयायी थे, तथापि वे सब आपस में विवाद करते थे।

'गीता' के रचयिता ने ही सर्वप्रथम उनमें समन्वय का प्रयास किया। तत्कालीन प्रचलित सभी धर्म-संप्रदायों के सर्वोत्तम तत्त्वों को उन्होंने लिया और 'गीता' में सूत्रबद्ध कर दिया।

अपने चुने हुए मार्गों की सर्वोत्कृष्टता का प्रत्येक दावा करता था। इन विभिन्न मार्गों में समन्वय स्थापित करने का किसी ने कभी प्रयत्न नहीं किया। 'गीता' के रचयिता ने ही सर्वप्रथम उनमें समन्वय का प्रयास किया। तत्कालीन प्रचलित सभी धर्म-संप्रदायों के सर्वोत्तम तत्त्वों को उन्होंने लिया और 'गीता' में सूत्रबद्ध कर दिया।

धर्म के विभिन्न मार्गों का समन्वय और निस्पृह या निष्काम कर्म—ये 'गीता' की दो प्रमुख विशेषताएँ हैं।

यदि कोई यह श्लोक पढ़ता है—

क्लैब्यं मा स्म गमः पार्थ नैतत्त्वरूयुपपद्यते।
क्षुद्रं हृदयदौर्बल्यं त्यक्त्वोत्तिष्ठ परंतप॥

तो उसे संपूर्ण 'गीता'-पाठ का लाभ होता है, क्योंकि इसी इस श्लोक में पूरी 'गीता' का संदेश निहित है।

अनेक लोगों का यह मत है कि 'गीता' महाभारत के समय नहीं लिखी गई, वरन् बाद में उसमें जोड़ दी गई है। यह बात ठीक नहीं है। 'गीता' के जो विशिष्ट सिद्धांत हैं, वे महाभारत के प्रत्येक भाग में पाए जाते हैं, और यदि 'गीता' को बाद में जोड़ी हुई मानकर निकाल लिया जाए, तो महाभारत के प्रत्येक भाग में से वे अंश निकालने पड़ेंगे, जिनमें 'गीता' के सिद्धांत पाए जाते हैं।

'गीता' में श्रीकृष्ण जो कह गए हैं, उसके समान महान् उपदेश जगत् में और कहीं नहीं हैं। जिन्होंने उस अद्भुत काव्य की रचना की थी, वे उन सब विरले महात्माओं में से एक थे, जिनके जीवन द्वारा समग्र जगत् में नव जीवन की एक लहर दौड़ जाती है।

'गीता' में श्रीकृष्ण जो कह गए हैं, उसके समान महान् उपदेश जगत् में और कहीं नहीं हैं। जिन्होंने उस अद्भुत काव्य की रचना की थी, वे उन सब विरले महात्माओं में से एक थे, जिनके जीवन द्वारा समग्र जगत् में नव जीवन की एक लहर दौड़ जाती है। जिन्होंने 'गीता' लिखी है, उनके सदृश आश्चर्यजनक मस्तिष्क मनुष्य जाति और कभी नहीं देख पाएगी।

यह वेदों पर एक प्रकार का भाष्य है। वह हमें दिखाता है कि आध्यात्मिक संग्राम इसी जीवन में लड़ा जाना चाहिए; अतः हमें उससे भागना नहीं चाहिए, अपितु उसको विवश करना चाहिए कि जो कुछ उसमें है, वह उसे हमें प्रदान करे। चूँकि 'गीता' उच्चतर वस्तुओं के लिए इस संघर्ष का प्रतिरूप है, इसलिए उसके दृश्य को रणक्षेत्र के मध्य प्रस्तुत करना अतीव काव्यमय हो गया है।

विरोधी सेनाओं में से एक के नेता अर्जुन के सारथी के वेष में कृष्ण उसे दुःखी न होने और मृत्यु से न डरने की प्रेरणा देते हैं, क्योंकि वे जानते हैं कि वह वस्तुतः अमर है, और मनुष्य के प्रकृत स्वरूप में किसी भी विकारशील वस्तु का स्थान नहीं है। एक के बाद एक अध्याय में कृष्ण दर्शन और धर्म की उच्च शिक्षा अर्जुन को देते हैं। यही शिक्षाएँ इस काव्य को इतना अद्भुत बनाती हैं, वस्तुतः समस्त वेदांत दर्शन उसमें समाविष्ट है।

□

तथागत बुद्ध

भगवान् बुद्ध मेरे इष्टदेव हैं—मेरे ईश्वर हैं। उनका कोई ईश्वरवाद नहीं, वे स्वयं ईश्वर थे। इस पर मेरा पूर्ण विश्वास है। किसी बौद्ध शास्त्र ने 'बुद्ध' (एक अवस्था का सूचक) शब्द की परिभाषा दी है—अनंत आकाश के समान अनंत ज्ञान।

गौतम बुद्ध के जीवनचरित में हम उनको निरंतर यही कहते पाते हैं कि वे पचीसवें बुद्ध थे। उनके पहले के चौबीस बुद्धों द्वारा डाली हुई नींव पर ही अपने प्रासाद का निर्माण किया है।

किंतु बुद्ध समझाना नहीं चाहते थे। एक क्षण के भी समझौते के बल पर बुद्ध अपने जीवनकाल में ही समस्त एशिया में ईश्वर की तरह पूजे जा सकते थे। परंतु उनका केवल यही उत्तर था—'बुद्ध की स्थिति एक सिद्धि है, वह एक व्यक्ति है।' सचमुच, समस्त संसार में वे ही एक ऐसे मनुष्य थे, जो सदैव नितांत प्रकृतिस्थ रहे, जितने मनुष्यों ने जन्म लिया है, उनमें अकेले एक प्रबुद्ध मानव!

बुद्धदेव ने बोधिवृक्ष के नीचे बैठकर दृढ़ स्वर से जो बात कही थी, उसे जो अपने रोम-रोम से बोल सकता है, वही वास्तविक धार्मिक होने योग्य है। संसारी होने की इच्छा उनके भी हृदय में एक बार उत्पन्न हुई थी। उधर वे स्पष्ट रूप से देख रहे थे कि उनकी यह अवस्था, यह सांसारिक जीवन एकदम व्यर्थ है, पर इसके बाहर जाने का कोई मार्ग नहीं मिल रहा था। काल एक बार उनके निकट आया और कहने लगा—'छोड़ो भी सत्य की खोज!

चलो, संसार में लौट चलो, और पहले जैसा पाखंडपूर्ण जीवन बिताओ, सब वस्तुओं को उनके मिथ्या नामों से पुकारो, अपने निकट और सबके निकट दिन-रात मिथ्या बोलते रहो।' यह काल उनके पास पुनः आया, पर उस महावीर ने अपने अतुल पराक्रम से उसे उसी क्षण परास्त कर दिया। उन्होंने कहा, "अज्ञानपूर्वक केवल खा-पीकर जीने की अपेक्षा मरना ही अच्छा है; पराजित होकर जीने की अपेक्षा युद्धक्षेत्र में मरना श्रेयस्कर है।" यही धर्म की भित्ति है।

भगवान् बुद्ध ने धर्म के प्रायः सभी अन्यान्य पक्षों को कुछ समय के लिए दूर रखकर केवल दुःखों से पीड़ित संसार की सहायता करने के महान् कार्य को प्रधानता दी थी, परंतु फिर भी स्वार्थपूर्ण व्यक्ति भाव से चिपके रहने के खोखलेपन के महान् सत्य का अनुभव करने के निमित्त आत्मानुसंधान में उन्हें भी अनेक वर्ष बिताने पड़े थे। भगवान् बुद्ध से अधिक निस्स्वार्थ तथा अथक कर्मी हमारी उच्च-से-उच्च कल्पना के भी परे है, परंतु फिर भी उनकी अपेक्षा और किसे समस्त विषयों का रहस्य जानने के लिए इतने विकट संघर्ष करने पड़े? यह चिरंतन तथ्य है कि जो कार्य जितना महान् होता है, उसके पीछे सत्य के साक्षात्कार की उतनी ही अधिक शक्ति विद्यमान रहती है।

भगवान् बुद्ध ने धर्म के प्रायः सभी अन्यान्य पक्षों को कुछ समय के लिए दूर रखकर केवल दुःखों से पीड़ित संसार की सहायता करने के महान् कार्य को प्रधानता दी थी, परंतु फिर भी स्वार्थपूर्ण व्यक्ति भाव से चिपके रहने के खोखलेपन के महान् सत्य का अनुभव करने के निमित्त आत्मानुसंधान में उन्हें भी अनेक वर्ष बिताने पड़े थे।

बुद्ध एक महान् वेदांती थे और शंकराचार्य को भी कोई प्रच्छत्र बौद्ध कहते हैं। बुद्ध ने विश्लेषण किया था—शंकराचार्य ने उन सबका संश्लेषण किया है। बुद्ध ने कभी भी वेद या जातिभेद अथवा पुरोहित अथवा सामाजिक प्रथा किसी के सामने माथा नहीं नवाया। जहाँ तक तर्क-विचार चल सकता है, वहाँ तक निर्भीकता के साथ उन्होंने तर्क-विचार किया है। इस प्रकार का

निर्भीक सत्यानुसंधान, प्राणिमात्र के प्रति इस प्रकार का प्रेम संसार में किसी ने कभी भी नहीं देखा। बुद्ध धर्मजगत् के जॉर्ज वॉशिंगटन थे, उन्होंने सिंहासन जीता था केवल जगत् को देने के लिए, जैसे वॉशिंगटन ने अमेरिकी जाति के लिए किया था। वे अपने लिए थोड़ी सी भी आकांशा नहीं रखते थे।

उस महान् बुद्ध ने द्वैतवादी देवता, ईश्वर आदि की किंचित् भी चिंता नहीं की और जिन्हें नास्तिक तथा भौतिकवादी कहा गया है, वे एक साधारण बकरी तक के लिए प्राण देने को प्रस्तुत थे! उन्होंने मानवजाति में सर्वोच्च नैतिकता का प्रचार किया। जहाँ कहीं तुम किसी प्रकार नीतिविधान पाओगे, वहीं देखोगे कि उनका प्रभाव, उनका प्रकाश जगमगा रहा है। जगत् के इन सब विशाल हृदय व्यक्तियों को तुम किसी संकीर्ण दायरे में बाँधकर नहीं रख सकते, विशेषत: आज, जबकि मनुष्यजाति के इतिहास में एक ऐसा समय आ गया है और सब प्रकार के ज्ञान की ऐसी उन्नति हुई है, जिसकी किसी ने सौ वर्ष पूर्व स्वप्न में भी कल्पना नहीं की थी, यहाँ तक कि पचास वर्ष पूर्व जो किसी ने स्वप्न में भी नहीं सोचा था, ऐसे वैज्ञानिक ज्ञान का स्रोत वह चला है।

बुद्ध धर्मजगत् के जॉर्ज वॉशिंगटन थे, उन्होंने सिंहासन जीता था केवल जगत् को देने के लिए, जैसे वॉशिंगटन ने अमेरिकी जाति के लिए किया था। वे अपने लिए थोड़ी सी भी आकांशा नहीं रखते थे।

मैं गौतम बुद्ध के समान नैतिकतायुक्त लोग देखना चाहता हूँ। वे सगुण ईश्वर अथवा व्यक्तिगत आत्मा में विश्वास नहीं करते थे, उस विषय में कभी प्रश्न ही नहीं करते थे, उस विषय में पूर्ण अज्ञेयवादी थे, किंतु जो सबके लिए अपने प्राण तक देने को प्रस्तुत थे—आजन्म दूसरों का उपकार करने में रत रहते तथा सदैव इसी चिंता में मग्न रहते थे कि दूसरों का उपकार किस प्रकार हो? उनके जीवनचरित लिखने वालों ने ठीक ही कहा है—उन्होंने 'बहुजन हिताय बहुजन सुखाय' जन्म ग्रहण किया था। वे अपनी निजी मुक्ति के लिए वन में तप करने नहीं गए। दुनिया जली जा रही है और इसे बचाने का कोई

उपाय मुझे खोज निकालना चाहिए। उनके समस्त जीवन में यही एक चिंता थी कि जगत् में इतना दुःख क्यों है ?

बुद्धदेव अन्य सभी धर्माचार्यों की अपेक्षा अधिक साहसी और निष्कपट थे। वे कह गए हैं, "किसी शास्त्र में विश्वास मत करो। वेद मिथ्या हैं। यदि मेरी उपलब्धि के साथ वेद मिलते-जुलते हैं, तो वह वेदों का ही सौभाग्य है। मैं ही सर्वश्रेष्ठ शास्त्र हूँ, यज्ञयाग और प्रार्थना व्यर्थ हैं।" बुद्धदेव पहले मानव हैं, जिन्होंने संसार को ही सर्वांग संपन्न नीतिविज्ञान की शिक्षा दी थी। वे शुभ के लिए ही शुभ करते थे, प्रेम के लिए ही प्रेम करते थे।

बुद्धदेव एक समाज-सुधारक थे। भारत के महान् दार्शनिकों में एकमात्र बुद्धदेव ने ही जातिभेद नहीं माना। अन्यान्य दार्शनिक अल्पाधिक मात्रा में सामाजिक रूढ़ियों को प्रश्रय देते थे।

बुद्ध को संबोधित कर जिन अति सुंदर विरुदावलियों का प्रयोग किया गया है, उनमें से जो थोड़ी सी मुझे याद हैं, वे इस प्रकार है—'जाति-विध्वंसक', 'विशेषाधिकार-विनाशक', 'सर्वजीव-समत्व-शिक्षक'। इस तरह सत्ता के एक भाव का उन्होंने उपदेश दिया।

बुद्धदेव के उपदेश का वह अंश तुमको स्मरण होगा कि वे किस प्रकार उत्तर, दक्षिण, पूर्व, पश्चिम, ऊपर, नीचे सर्वत्र ही प्रेम की भावना प्रवाहित कर देते थे। यहाँ तक कि चारों ओर वही महान् अनंत प्रेम संपूर्ण विश्व में छा जाता था। इसी प्रकार जब तुम लोगों का भी यही भाव होगा, तब तुम्हारा भी यथार्थ व्यक्तित्व प्रकट होगा। तभी संपूर्ण जगत् एक व्यक्ति बन जाएगा—क्षुद्र वस्तुओं की ओर फिर मन नहीं जाएगा। इस भूल अनंत सुख के लिए छोटी-छोटी वस्तुओं का परित्याग कर दो।

स्वामी विवेकानंद—बुद्धदेव के हृदय का विचार करो। 'बहुजन हिताय बहुजन सुखाय' का तो कहना ही क्या, वे एक बकरी के बच्चे की जीवनरक्षा के लिए अपना जीवन भी देने को सदा प्रस्तुत रहते थे। कैसा उदार भाव! कैसी दया! एक बार सोचो तो!

शिष्य—क्यों महाराज, क्या बुद्धदेव के इस भाव को भी एक और प्रकार

का पागलपन नहीं कह सकते? एक पशु के निमित्त अपने प्राण देने को तैयार हो गए!

स्वामीजी—परंतु उनके उस दीवानेपन से इस संसार के कितने जीवों का कल्याण हुआ, यह भी तो देखो। कितने आश्रम बने, कितने विद्यालय खुले, कितने सार्वजनिक अस्पताल बने, कितने पशु चिकित्सालय स्थापित हुए, स्थापत्य विद्या का कितना विकास हुआ, यह सब भी तो सोचो! बुद्धदेव के जन्म के पूर्व इस देश में क्या था? तालपत्र की पोथियों में कुछ धर्मतत्त्व था, सो भी विरले ही मनुष्य उसको जानते थे। लोग इसको कैसे व्यावहारिक जीवन में चरितार्थ करें, यह बुद्धदेव ने ही सिखलाया। वे ही वास्तव में वेदांत के स्फूर्तिदेवता थे।

वैराग्य ही तो 'उपनिषद्' का प्राण है। विचारजनित प्रज्ञा को प्राप्त करना ही उपनिषद् ज्ञान का चरम लक्ष्य है, परंतु मेरा विश्वास यह है कि भगवान् बुद्धदेव के समय से ही भारत में इस त्यागव्रत का विशेष प्रचार हुआ और वैराग्य तथा संसार वितृष्णा ही धर्म का चरम लक्ष्य माना गया।

वैराग्य ही तो 'उपनिषद्' का प्राण है। विचारजनित प्रज्ञा को प्राप्त करना ही उपनिषद् ज्ञान का चरम लक्ष्य है, परंतु मेरा विश्वास यह है कि भगवान् बुद्धदेव के समय से ही भारत में इस त्यागव्रत का विशेष प्रचार हुआ और वैराग्य तथा संसार वितृष्णा ही धर्म का चरम लक्ष्य माना गया। बौद्ध धर्म के इस त्याग तथा वैराग्य को हिंदू धर्म ने अपने में लय कर लिया है। भगवान् बुद्ध के समान त्यागी महापुरुष पृथ्वी पर और कोई नहीं जनमा।

शिष्य तो क्या महाराज, बुद्धदेव के जन्म के पहले इस देश में त्याग और वैराग्य कम था और क्या उस समय संन्यासी नहीं होते थे?

स्वामीजी यह कौन कहता है? संन्यासाश्रम था, परंतु जनसाधारण को विदित नहीं था कि यही जीवन का चरम लक्ष्य है। वैराग्य पर उनकी दृढ़ता नहीं थी, विवेक पर निष्ठा नहीं थी। इसी कारण बुद्धदेव को योगियों और साधुओं के पास जाने पर भी जब कहीं शांति नहीं मिली, तब 'इहासने शुष्यतु

मे शरीरम्' कहकर आत्मज्ञान लाभ करने के लिए वे स्वयं ही बैठ गए और प्रबुद्ध होकर उठे। भारत में संन्यासियों के जो मठ आदि देखते हो, वे सब बौद्ध धर्म के अधिकार में थे। अब हिंदुओं ने उनको अपने रंग में रँगकर अपना कर लिया है। बुद्धदेव से ही यथार्थ संन्यासाश्रम का सूत्रपात हुआ। वे ही संन्यासाश्रम के मृत ढाँचे में प्राणों का संचार कर गए।

शाक्यमुनि स्वयं संन्यासी थे, और यह उनकी ही गरिमा है कि उनका हृदय इतना विशाल था कि उन्होंने 'वेदों' के छिपे हुए सत्यों को निकालकर उनको समस्त संसार में विकीर्ण कर दिया। इस जगत् में सबसे पहले वे ही ऐसे हुए, जिन्होंने धर्म-प्रचार की प्रथा चलाई। इतना ही नहीं, वरन् मनुष्य को दूसरे धर्म से अपने धर्म में दीक्षित करने का विचार भी सबसे पहले उन्हीं के मन में उदित हुआ।

शाक्यमुनि स्वयं संन्यासी थे, और यह उनकी ही गरिमा है कि उनका हृदय इतना विशाल था कि उन्होंने 'वेदों' के छिपे हुए सत्यों को निकालकर उनको समस्त संसार में विकीर्ण कर दिया। इस जगत् में सबसे पहले वे ही ऐसे हुए, जिन्होंने धर्म-प्रचार की प्रथा चलाई।

सर्वभूतों के प्रति, और विशेषकर अज्ञानी तथा दीन जन के प्रति अद्भुत सहानुभूति में ही तथागत का महान् गौरव सन्निहित है। उनके कुछ शिष्य ब्राह्मण थे। बुद्ध के धर्मोपदेश के समय संस्कृत भारत की जनभाषा नहीं रह गई थी। वह उस समय केवल पंडितों के ग्रंथों की ही भाषा थी। बुद्धदेव के ब्राह्मण शिष्यों ने उनके उपदेशों का अनुवाद संस्कृत भाषा में करना चाहा था, पर बुद्धदेव उनसे सदा यही कहते, "मैं दरिद्र और साधारण जन के लिए आया हूँ। अत: जनभाषा में ही मुझे बोलने दो।" और इसी कारण उनके अधिकांश उपदेश अब तक भारत की तत्कालीन लोकभाषा में पाए जाते हैं।

किंतु इसके साथ ही ब्राह्मण धर्म ने भी कुछ खोया—समाज-सुधार का वह उत्साह, प्राणिमात्र के प्रति वह आश्चर्यजनक सहानुभूति और करुणा तथा वह अद्भुत रसायन, जिसे बौद्ध ने जन-जन को प्रदान किया था एवं जिसके फलस्वरूप भारतीय समाज इतना महान् हो गया था कि तत्कालीन भारत के

संबंध में लिखने वाले एक यूनानी इतिहासकार को यह लिखना पड़ा था—एक भी ऐसा हिंदू नहीं दिखाई देता, जो मिथ्या भाषण करता हो; एक भी ऐसी हिंदू नारी नहीं है, तो पवित्र न हो।

अन्य सभी व्यक्तियों की तुलना में बुद्ध का व्यक्तित्व बहुत ऊँचा है। वे एक ही व्यक्ति थे, जिनके बारे में उनके मित्र या शत्रु यह कभी नहीं कह सके कि उन्होंने एक भी ऐसी साँस ली या रोटी का एक भी ऐसा टुकड़ा खाया, जिसमें सबके कल्याण का भाव न रहा हो।

"उन्होंने जीवात्मा की देहांतरप्राप्ति का उपदेश कभी नहीं दिया, मगर यह उनका विश्वास था कि जिस प्रकार सिंधु की एक लहर उठकर विनष्ट हो जाती है और परवर्ती लहर के लिए एक शक्ति के अतिरिक्त और कुछ नहीं छोड़ जाती, उसी प्रकार एक जीवात्मा अपने परवर्ती दूसरे जीवात्मा के लिए करती है। उन्होंने कभी ईश्वर और उसके अस्तित्व का खंडन नहीं किया।

उनके शिष्यों ने उनसे पूछा, "हम क्यों अच्छे बनें?"

उन्होंने उत्तर दिया—"क्योंकि तुम्हें अच्छाई उत्तराधिकार के रूप में मिली। अब तुम्हारी बारी है कि अपने उत्तराधिकारियों के लिए अच्छाई की कुछ बपौती छोड़ जाओ। केवल अच्छाई के लिए ही, संचित अच्छाई के अग्रसर होते रहने में हम सभी मदद करें।"

वे प्रथम पैगंबर थे। उन्होंने कभी किसी को अपशब्द नहीं कहा और न स्वयं अपने लिए कोई दावा किया। धर्म में अपने निर्माण के लिए स्वयं पुरुषार्थ करना चाहिए, यह उनका विश्वास था।

मृत्युशय्या पर पड़ने पर उन्होंने कहा, "न तो मैं और न दूसरा कोई तुम्हें कुछ बता सकता है। किसी पर आश्रित न रहो। अपना धर्म (निर्वाण) स्वयं प्राप्त करो।"

मनुष्य और मनुष्य, या मनुष्य और पशु के बीच की असमानता के विरुद्ध उन्होंने आपत्ति की। उनका उपदेश था कि सब जीव समान हैं। वे प्रथम व्यक्ति थे, जिन्होंने मद्यनिषेध के सिद्धांत का प्रतिपादन किया। 'अच्छे बनो और अच्छे कर्म करो,' उन्होंने कहा, 'अगर कोई ईश्वर है, तो अच्छे बनकर

तुम उसे प्राप्त करो! यदि कोई ईश्वर नहीं है, तो अच्छा बनना स्वयं उत्तम है। जो दुःख भोगता है, वही उसके लिए दोषी है। जिसमें जो अच्छाई है, उसके लिए वह प्रशंसनीय है।"

धर्मप्रचारक संघों की स्थापना उन्होंने सर्वप्रथम की। भारत के करोड़ों दलितों के लिए वे उद्धारक के रूप में आए। वे उनका दर्शन नहीं समझ सकते थे, किंतु उन्होंने उस पुरुष का दर्शन किया और उनकी वाणी सुनी; उन्होंने उनका अनुगमन किया।

पाँच सौ वर्ष बाद मुहम्मद आए, पाँच सौ वर्ष बाद प्रोटेस्टेंट लहर लेकर लूथर आए और अब पाँच सौ वर्ष फिर हो गए। कुछ हजार वर्षों में ईसा और बुद्ध जैसे व्यक्तियों का जन्म लेना एक बड़ी बात है। क्या ऐसे दो पर्याप्त नहीं हैं? ईसा और बुद्ध ईश्वर थे, दूसरे सब पैगंबर थे।

यह मेरी अपनी कल्पना है कि वही बुद्ध ईसा हुए। बुद्ध ने भविष्यवाणी की थी, "मैं पाँच सौ वर्षों में पुनः आऊँगा।" और पाँच सौ वर्षों बाद ईसा आए। समस्त मानव प्रकृति की ये दो ज्योतियाँ हैं। दो मनुष्य हुए हैं—बुद्ध और ईसा। ये दोनों विराट् थे—वे महान् दिग्गज व्यक्तित्व—दो ईश्वर! समस्त संसार को व्याप्त किए हुए हैं। संसार में जहाँ कहीं किंचित् भी ज्ञान है, लोग या तो बुद्ध अथवा ईसा के सामने सिर झुकाते हैं उनके सदृश और अधिक व्यक्तियों का उत्पन्न होना कठिन है, पर मुझे आशा है कि वे आएँगे। पाँच सौ वर्ष बाद मुहम्मद आए, पाँच सौ वर्ष बाद प्रोटेस्टेंट लहर लेकर लूथर आए और अब पाँच सौ वर्ष फिर हो गए। कुछ हजार वर्षों में ईसा और बुद्ध जैसे व्यक्तियों का जन्म लेना एक बड़ी बात है। क्या ऐसे दो पर्याप्त नहीं हैं? ईसा और बुद्ध ईश्वर थे, दूसरे सब पैगंबर थे। इन दोनों के जीवन का अध्ययन करो और उनमें प्रकट शांति की अभिव्यक्ति को देखो—शांत और अविरोधी, अकिंचन एवं निःस्व भिक्षु, जेब में एक पाई भी न रखनेवाले, आजीवन तिरस्कृत, नास्तिक और मूर्ख कहे जाने वाले और सोचो, मानवजाति पर उन्होंने कितना महान् आध्यात्मिक प्रभाव डाला है!

हर एक धर्म में हम किसी एक प्रकार की साधना को चरम सीमा पर पहुँची हुई पाते हैं। बौद्ध धर्म में निष्काम कर्म का भाव अत्यंत विकसित है। तुम लोग बौद्ध धर्म तथा ब्राह्मण धर्म को समझने में भूल न करो। बौद्ध धर्म हमारे संप्रदायों में से एक है। भारतीय वर्णव्यवस्था, कठिन कर्म-कांड एवं दार्शनिक वाद-विवादों से ऊबकर गौतम नामक एक महापुरुष ने बौद्ध धर्म की स्थापना की। कुछ लोग कहते हैं कि हमारा एक विशेष कुल में जन्म हुआ है, इसलिए हम उन लोगों से श्रेष्ठ हैं, जिनका जन्म ऐसे वंश में नहीं हुआ। भगवान् बुद्ध का इस सिद्धांत में कोई विश्वास न था—वे इस प्रकार के जातिभेद के विरोधी थे। पुरोहित लोग धर्म के नाम पर जो कपटाचरण द्वारा स्वार्थसिद्ध करते थे, इसके भी वे घोर विरोधी थे। इसलिए उन्होंने एक ऐसे धर्म का प्रचार किया, जिसमें कामनाओं तथा वासनाओं के लिए स्थान न था। वे दर्शन तथा ईश्वर के संबंध में संपूर्ण अज्ञेयवादी थे।

हर एक धर्म में हम किसी एक प्रकार की साधना को चरम सीमा पर पहुँची हुई पाते हैं। बौद्ध धर्म में निष्काम कर्म का भाव अत्यंत विकसित है। तुम लोग बौद्ध धर्म तथा ब्राह्मण धर्म को समझने में भूल न करो। बौद्ध धर्म हमारे संप्रदायों में से एक है।

उनसे कई बार ईश्वर के अस्तित्व के संबंध में प्रश्न पूछे गए, पर उन्होंने सदैव यही उत्तर दिया—"मैं नहीं जानता।" उनसे पूछा गया कि मनुष्य का प्रकृत कर्तव्य क्या है? उन्होंने कहा, "शुभचरित्र बनो और शुभ कर्म करो।" एक बार पाँच ब्राह्मणों ने आकर उनसे विनती की, "भगवन्, हमारे वाद-विवाद का न्याय कीजिए।" उनमें से एक ने कहा, "भगवन्, मेरे शास्त्रों में ईश्वर ने यह स्वयं बतलाया है और उसकी प्राप्ति के लिए यह मार्ग दरशाया है।" दूसरे ब्राह्मण ने कहा, "नहीं, यह सब मिथ्या है, क्योंकि मेरे शास्त्र में इसके विपरीत लिखा है और ईश्वर-प्राप्ति का अन्य मार्ग बतलाया गया है।" इस प्रकार दूसरों ने भी शास्त्रों की दुहाई देकर ईश्वर के स्वरूप तथा उसकी प्राप्ति के संबंध में अपने अपने मत प्रकट किए। बुद्धदेव यह विवाद शांतिपूर्वक सुनकर उनसे क्रमशः पूछने लगे, "क्या किसी के शास्त्र में यह भी कथन है

कि ईश्वर कभी क्रोध करता है, किसी की हानि करता है या अशुद्ध है?" उन सबने कहा, "नहीं भगवन्, हमारे सभी शास्त्र यही कहते हैं कि ईश्वर शुद्ध, विकाररहित और कल्याणकर है।" तब भगवान् बुद्ध बोले, "मित्रो, तब तुम पहले शुद्ध और सदाचारी बनने की चेष्टा क्यों नहीं करते, जिससे तुम्हें ईश्वर का ज्ञान हो सके?"

बुद्ध ही एक व्यक्ति थे, जो पूर्णतया तथा यथार्थ में निष्काम कहे जा सकते हैं। ऐसे अन्य कई महापुरुष थे, जो अपने को ईश्वर का अवतार कहते थे और विश्वास दिलाते थे कि जो उनमें श्रद्धा रखेंगे, वे स्वर्ग प्राप्त कर सकेंगे, पर बुद्ध के अधरों पर अंतिम क्षण तक ये ही शब्द थे—"अपनी उन्नति अपने ही प्रयत्न से होगी। अन्य कोई इसमें तुम्हारा सहायक नहीं हो सकता। स्वयं अपनी मुक्ति प्राप्त करो।" अपने संबंध में भगवान् बुद्ध कहा करते थे, 'बुद्ध' शब्द का अर्थ है—आकाश के समान अनंत ज्ञानसंपन्न; मुझ गौतम को यह अवस्था प्राप्त हो गई है। तुम भी यदि प्राणपण से प्रयत्न करो, तो उस स्थिति को प्राप्त कर सकते हो।" बुद्ध ने अपनी सब कामनाओं पर विजय पा ली थी। उन्हें स्वर्ग जाने की कोई लालसा न थी और न ऐश्वर्य की ही कोई कामना थी। अपने राजपाट और सब प्रकार के सुखों को तिलांजलि दे, इस राजकुमार ने अपना सिंधु सा विशाल हृदय लेकर नर-नारी तथा जीव-जंतुओं के कल्याण हेतु आर्यावर्त की वीथी-वीथी में भ्रमण कर भिक्षा वृत्ति से जीवन-निर्वाह करते हुए अपने उपदेशों का प्रचार किया। जगत् में वे ही एकमात्र ऐसे हैं, जो यज्ञों में पशुबलि-निवारण के लिए, किसी प्राणी के जीवन की रक्षा के लिए अपना जीवन भी निछावर करने को तत्पर रहते थे। एक बार उन्होंने एक राजा से कहा, "यदि किसी निरीह पशु के होम करने से तुम्हें स्वर्ग प्राप्ति हो सकती है, तो मनुष्य के होम से किसी उच्च फल

यदि किसी निरीह पशु के होम करने से तुम्हें स्वर्ग प्राप्ति हो सकती है, तो मनुष्य के होम से किसी उच्च फल की प्राप्ति होगी। राजन्, उस पशु के पाश काटकर मेरी आहुति दे दो; शायद तुम्हारा अधिक कल्याण हो सके।

की प्राप्ति होगी। राजन्, उस पशु के पाश काटकर मेरी आहुति दे दो; शायद तुम्हारा अधिक कल्याण हो सके।" राजा स्तब्ध रह गया। इस प्रकार हम देखते हैं कि भगवान् बुद्ध पूर्ण रूप से निष्काम थे। वे कर्मयोग के ज्वलंत आदर्शस्वरूप थे और जिस उच्चावस्था पर वे पहुँच गए थे, उससे प्रतीत होता है कि कर्मशक्ति द्वारा हम भी उच्चतम आध्यात्मिक स्थिति को प्राप्त कर सकते हैं।

ईश्वर में विश्वास रखने से अनेक व्यक्तियों का मार्ग सुगम हो जाता है, किंतु बुद्ध का चरित्र बताता है कि एक ऐसा व्यक्ति भी, जो नास्तिक है, जिसका किसी दर्शन में विश्वास नहीं, जो न किसी संप्रदाय को मानता है और न किसी मंदिर-मसजिद में ही जाता है, जो घोर जड़वादी है, परमोच्च अवस्था प्राप्त कर सकता है। बुद्ध के मतामत या कार्य-कलापों का मूल्यांकन करने का हमें कोई अधिकार नहीं। उनके विशाल हृदय का सहस्रांश पाकर भी मैं स्वयं को धन्य मानता। बुद्ध की आस्तिकता या नास्तिकता से मुझे कोई मतलब नहीं। उन्हें भी वह पूर्णावस्था प्राप्त हो गई थी, जो अन्य जन भक्ति, ज्ञान या योग के मार्ग से प्राप्त करते हैं। केवल इसमें-उसमें विश्वास करने से ही पूर्णता प्राप्त नहीं होती, कल्पना से कोई अर्थसिद्धि नहीं होती। यह तो शुक-सारिका भी कर लेते हैं। केवल निष्काम कर्म ही मनुष्य को पूर्णत्व तक पहुँचा सकता है।

□

भगवान् बुद्ध के उपदेश

जग क्षणभंगुर एवं दुःखमय है। समय तीव्र गति से व्यतीत होता जा रहा है। अपने आमोदपूर्ण जीवन से संतुष्ट, अपने सुंदर प्रासादों में मनोरम वस्त्राभूषणों से विभूषित, अनेकविध भोज्य पदार्थों से तुष्ट, हे मोहनिद्राभिभूत नर-नारियो! क्या जीवन में तुमने कभी दाने-दाने के लिए मुहताज उन लक्ष-लक्ष नर कंकालों की भी कोई भी चिंता की है, जो भूख से तड़प-तड़पकर दम तोड़ देते हैं? जरा सोचो, जगत् के इस महासत्य पर विचार करो, 'सर्व दुःखमनित्यमध्रुवम्' संसार में चारों और दुःख हैं। देखो, संसार में पदार्पण करता हुआ शिशु भी वेदनापूर्ण रुदन करने लगता है। यह एक हृदयविदारक सत्य है। इस दुःखमय जगत् में जन्म लेते ही वह क्रंदन करने लगता है। संसार में रुदन के सिवा है क्या? संसार एक रुदनस्थल है। इसलिए यदि हम तथागत के शब्दों को हृदय में स्थान देना चाहते हैं, तो हमें संपूर्णतः स्वार्थरहित होना होगा।

भगवान् बुद्ध ने कहा है, "अपनी स्वार्थपूर्ण भावनाओं का उन्मूलन कर दो, स्वार्थपरता की ओर ले जाने वाली सारी बातें नष्ट कर दो। पत्नी-पुत्र-परिवार आदि बंधनों तथा सांसारिक प्रपंचों से दूर रहो और संपूर्णतया स्वार्थशून्य बनो।

"तुम अपने आप से ही पीड़ित हो, तुम्हें कोई समझा नहीं सकता। तुम जीवित रहो, चाहे संसारचक्र के साथ घूमते रहो, गले लगा लो पीड़ा की इसकी शलाकाओं को, अश्रुजल के वलयों को, शून्यता की नाभि को, उन्हें चूमते भी

हो बारंबार। तुम्हें कोई नहीं रोकता, मना नहीं करता।

"यदि तुम्हें कोई आहत करता है और तुम उसे प्रतिकार में आहत करने के लिए अपना हाथ उठाते हो, तो इससे तुम्हारे घाव को तो आराम नहीं होगा। हाँ, संसार के पापों में एक वृद्धि अवश्य हो जाएगी।

"जो तुमने सुना है, उनमें विश्वास न कर लो, न इसीलिए विश्वास कर लो कि ये सिद्धांत तुम्हें पिछली पीढ़ियों से प्राप्त हुए हैं; किसी बात में इसीलिए विश्वास न कर लो कि उसे लोग अंधों की तरह मानते हैं; न इसलिए विश्वास करो कि कोई वृद्ध महर्षि कुछ कह रहे हैं, न उन सत्यों में विश्वास कर लो, जिनसे अभ्यासवश तुम्हारा संबंध हो गया है और न अपने गुरुओं अथवा वृद्धजन के प्रमाण-पत्र पर विश्वास कर लो। अपने आप सोचो, विश्लेषण करो और तब यदि निष्कर्ष तुम्हें बुद्धिसंगत तथा सबके लिए हितकर लगे, तो उसमें विश्वास करो और उसे अपने जीवन में ढाल लो।"

बुद्धदेव के किसी अनुयायी ने पूछा, "क्या ईश्वर है?" उन्होंने उत्तर दिया, "ईश्वर? मैंने ईश्वर की बात कब कही है? मैं कहता हूँ, भले बनो और भलाई करो।"

एक बार बुद्धदेव के शिष्यों ने उनसे किसी व्यक्ति के चमत्कार के बारे में कहते हुए उनके सामने एक कटोरी रखी और बताया कि इस कटोरी को वह व्यक्ति हाथ न लगाते हुए ऊपर से उतार लाया है। बुद्धदेव ने उस कटोरी को पैरों तले रौंदते हुए कहा, "चमत्कारों को अपनी धर्मनिष्ठा का आधार मत बनाओ। केवल शाश्वत तत्त्वों में ही सत्य को प्रत्यक्ष करने का प्रयत्न करो।" बुद्धदेव ने उन्हें हृदय के सच्चे प्रकाश का आत्मा के प्रकाश का उपदेश दिया। इसी प्रकाश के सहारे चलना पूर्णतया सुरक्षित होता है। चमत्कार तो केवल विघ्न ही हैं, जिन्हें हटा देना चाहिए।

महाप्रयाण के समय भगवान् बुद्ध ने कहा, "अपने निर्वाण के लिए स्वयं साधना करो। मैं तुम्हारी सहायता नहीं कर सकता। तुम्हारी सहायता कोई नहीं कर सकता। अपनी सहायता अपने आप करो।"

□

भगवान् बुद्ध का धर्म

बौद्ध धर्म बुद्धदेव की प्रत्यक्ष चेतना पर स्थापित है। उन्होंने कुछ सत्यों का अनुभव किया था। उन्होंने उन सबको देखा था, वे उन सत्यों के संस्पर्श में आए थे और उन्हीं का उन्होंने संसार में प्रचार किया।

बौद्ध लोग निर्वाण नामक अवस्था विशेष में विश्वास रखते हैं। यह अवस्था द्वैत-जगत् से अतीत की अवस्था है। वेदांती लोग जिसे 'ब्रह्म' कहते हैं, यह निर्वाण भी ठीक वही है। बौद्ध धर्म के सारे उपदेशों का यही मर्म है कि उस खोई हुई निर्वाण-अवस्था को फिर से प्राप्त करना होगा।

संसार के सामने प्रचारक धर्म के रूप में सर्वप्रथम बौद्ध धर्म ही आया और उस युग की सारी सभ्य जातियों में उसका प्रचार किया गया, पर उस धर्म के नाम पर कहीं एक बूँद भी रक्त नहीं गिराया गया। हम इतिहास में देखते हैं कि किस प्रकार चीन देश में बौद्ध प्रचारकों पर अत्याचार किया गया, किस प्रकार सहस्रों बौद्ध प्रचारक लगातार दो-तीन सम्राटों द्वारा मौत के घाट उतार दिए गए, पर उसके बाद अंत में बौद्धों का भाग्य चमका। एक सम्राट् ने उन अत्याचारियों से बदला लेना चाहा, पर बौद्ध प्रचारकों ने इनकार कर दिया।

बुद्धदेव ने भारत के धर्म की स्थापना ईसा के जन्म से छह सौ वर्ष पूर्व आरंभ की थी। उन्होंने देखा कि भारत का धर्म उस समय प्रधान रूप से मानवात्मा की प्रकृति के संबंध में अनंत विवाद में फँसा हुआ है। उस समय जिन विचारों का प्रचार था, उनके अनुसार पशुओं के बलिदान, बलिवेदियों

और इसी प्रकार के अनुष्ठानों के अतिरिक्त धार्मिक दोषों के निवारण का और कोई उपाय न था।

इस परिस्थिति के बीच वह संन्यासी उत्पन्न हुआ, जो तत्कालीन एक महत्त्वपूर्ण परिवार का सदस्य था, और जो बौद्ध मत का प्रवर्तक बना। उनका यह कार्य, प्रथम तो एक नए धर्म का प्रवर्तक नहीं था, वरन् एक सुधार आंदोलन था। वे सब के कल्याण में विश्वास करते थे। उनका धर्म, जैसा कि उन्होंने बताया है, तीन बातों की खोज में है—प्रथम 'संसार में अशुभ है।' दूसरे 'इस अशुभ का कारण क्या है ?' उन्होंने बताया कि यह मनुष्य की दूसरों से ऊँचे चढ़ जाने की इच्छा में है। यह वह दोष है, जिसका निवारण निस्स्वार्थता से किया जा सकता है। तीसरे, 'इस अशुभ का इलाज निस्स्वार्थ बनकर किया जा सकता है।' वे इस निष्कर्ष पर पहुँचे कि बल से इसका निवारण नहीं किया जा सकता; मल से मल को नहीं धोया जा सकता; घृणा से घृणा को नहीं मिटाया जा सकता।

यह उनके धर्म का आधार था। जब तक समाज मानव की स्वार्थपरता की चिकित्सा उन नियमों और संस्थाओं द्वारा करना चाहता है, जिनका उद्देश्य लोगों से उनके पड़ोसियों के प्रति बलात् भलाई करवाना है, तब तक कुछ किया नहीं जा सकता। उपाय बल के विरुद्ध बल और चालाकी के विरुद्ध चालाकी रखना नहीं है। एकमात्र उपाय है, निस्स्वार्थ नर-नारियों का निर्माण करना। तुम वर्तमान अशुभ को दूर करने के लिए कानून बना सकते हो, पर उनसे कोई लाभ न होगा।

भारत में ईश्वर और उसके सारतत्त्व के विषय में बातें बहुत होती हैं और काम बहुत ही कम। वे सदा इस मौलिक सत्य पर बल देते थे कि हम शुद्ध और पवित्र बनें, और हम दूसरों को पवित्र बनने में सहायता दें।

बुद्धदेव ने पाया कि भारत में ईश्वर और उसके सारतत्त्व के विषय में बातें बहुत होती हैं और काम बहुत ही कम। वे सदा इस मौलिक सत्य पर बल देते थे कि हम शुद्ध और पवित्र बनें, और हम दूसरों को पवित्र बनने में सहायता दें। उनका विश्वास था कि मनुष्य को काम और दूसरों की सहायता

करनी चाहिए; अपनी आत्मा को दूसरों में पाना चाहिए, अपने जीवन को दूसरों में पाना चाहिए। उनका विश्वास था कि दूसरों के प्रति भलाई करना ही अपने प्रति भलाई करने का एकमात्र उपाय है। उनका विश्वास था कि संसार में सदा ही आवश्यकता से अधिक सिद्धांत और अत्यल्प व्यवहार रहा है। आजकल भारत में एक दर्जन बुद्ध होने से बहुत अच्छा होगा और इस देश (अमेरिका) में भी एक बुद्ध का आविर्भाव लाभदायक सिद्ध होगा।

ईसा से छह सौ वर्ष पहले भारत के पुजारियों का प्रभाव वहाँ के लोगों के मत पर बुरी तरह छाया हुआ था और जनता उनकी बौद्धिकता तथा विद्वत्ता के उपरले और निचले पाटों के बीच में पिस रही थी। बौद्ध धर्म, जो मानव परिवार के दो-तिहाई से अधिक का धर्म है, एक पूर्णतया नवीन धर्म के रूप में प्रवर्तित नहीं किया गया।

जब आवश्यकता से अधिक सिद्धांत, अपने पिता के धर्म में आवश्यकता से अधिक विश्वास, आवश्यकता से अधिक अंधविश्वास हो जाता है, तो परिवर्तन आवश्यक होता है। ऐसा सिद्धांत अशुभ को जन्म देता है और सुधार की आवश्यकता उत्पन्न हो जाती है।

ईसा से छह सौ वर्ष पहले भारत के पुजारियों का प्रभाव वहाँ के लोगों के मत पर बुरी तरह छाया हुआ था और जनता उनकी बौद्धिकता तथा विद्वत्ता के उपरले और निचले पाटों के बीच में पिस रही थी। बौद्ध धर्म, जो मानव परिवार के दो-तिहाई से अधिक का धर्म है, एक पूर्णतया नवीन धर्म के रूप में प्रवर्तित नहीं किया गया; वरन् एक सुधार के रूप में आया, जिससे उस युग का भ्रष्टाचार दूर हो गया। बुद्ध ही कदाचित् ऐसे पैगंबर थे, जिन्होंने दूसरों के लिए सबकुछ और अपने लिए बिल्कुल कुछ भी नहीं किया। उन्होंने अपने घर और संसार के सुखों का त्याग इसलिए किया कि वे अपने दिन मानव-दुःख रूपी भयानक व्याधि की औषधि खोजने में बिताएँ। एक ऐसे काल में, जिसमें जनता और पुजारी ईश्वर के सारतत्त्व के संबंध में विवाद में लगे हुए थे, उन्होंने वह देखा, जो लोग नहीं देख सके थे कि संसार में दुःख का अस्तित्व है।

अशुभ का कारण है—हमारी दूसरों से बढ़ जाने की इच्छा और हमारी स्वार्थपरता। जिस क्षण संसार निस्स्वार्थ हो जाएगा, सारा अशुभ तिरोहित हो जाएगा। जब तक समाज अशुभ का इलाज नियमों और संस्थाओं से करने का प्रयत्न करता है, अशुभ का निराकरण नहीं होगा। संसार ने हजार वर्षों तक इस उपाय का असफल प्रयोग किया है। बल के विरुद्ध बल लगाने से निराकरण नहीं होता; अशुभ का एकमात्र इलाज निस्स्वार्थपरता है। हमें नए-नए कानून बनाने के स्थान पर लोगों को कानून का पालन करना सिखाना चाहिए। बौद्ध धर्म संसार का सबसे पहला मिशनरी (प्रचारक) धर्म है, पर बुद्ध की शिक्षाओं में से एक यह भी थी कि किसी धर्म को विरोधी न बनाया जाए। धर्म एक-दूसरे से युद्ध करके अपनी शक्ति क्षीण करते हैं।

हमारी दूसरों से बढ़ जाने की इच्छा और हमारी स्वार्थपरता। जिस क्षण संसार निस्स्वार्थ हो जाएगा, सारा अशुभ तिरोहित हो जाएगा। जब तक समाज अशुभ का इलाज नियमों और संस्थाओं से करने का प्रयत्न करता है, अशुभ का निराकरण नहीं होगा। संसार ने हजार वर्षों तक इस उपाय का असफल प्रयोग किया है।

बुद्धमत के प्रति हिंदू का एक विशिष्ट दृष्टिकोण है। जिस प्रकार ईसा ने यहूदियों को अपना विरोधी बनाया था, उसी प्रकार बुद्ध ने तत्कालीन भारत में प्रचलित धर्म को अपना विरोधी बनाया; पर जहाँ ईसा को उनके देशवासियों ने अंगीकार नहीं किया, बुद्ध ईश्वर के अवतार के रूप में अस्वीकार किए गए। उन्होंने पुरोहितों की भर्त्सना उनके मंदिरों के ठीक द्वार पर खड़े होकर की। फिर भी आज वे उनके द्वारा पूजे जाते हैं।

बुद्धमत को पूर्णतया समझने के लिए हमें उस मूल धर्म में जाना होगा, जिससे वह प्रसूत हुआ था। वेदग्रंथों के दो खंड हैं—प्रथम, कर्मकांड, जिसमें यज्ञ-संबंधी विवरण हैं, दूसरा, वेदांत, जो यज्ञों की निंदा करता है, दया और प्रेम सिखाता है, मृत्यु नहीं। विभिन्न संप्रदायों ने उस खंड को अपना लिया, जो उन्हें पसंद आया। चार्वाक अथवा जड़वादियों ने अपने सिद्धांत का आधार

प्रथम भाग को बनाया। उनका विश्वास है कि जगत् में सबकुछ जड़ पदार्थ मात्र है, और न स्वर्ग है, न नरक, न जीवात्मा है और न ईश्वर। एक अन्य संप्रदाय वाले जैन बहुत नैतिक नास्तिक थे, जिन्होंने ईश्वर के सिद्धांत को तो अस्वीकार किया, पर एक ऐसी जीवात्मा के अस्तित्व में विश्वास किया, जो अधिक पूर्ण विकास के लिए प्रयत्नशील है। ये दोनों संप्रदाय वेदविरोधी कहलाए। तीसरा संप्रदाय 'आस्तिक' कहलाया, क्योंकि वह वेदों को स्वीकार करता था, यद्यपि वह सगुण ईश्वर के अस्तित्व को नहीं मानता था और विश्वास करता था कि सब वस्तुएँ परमाणु अथवा प्रकृति से उत्पन्न हुई हैं। बुद्ध के आगमन से पूर्व बौद्धिक जगत् इस प्रकार विभक्त था, पर उनके धर्म को ठीक-ठीक समझने के लिए उस जाति-व्यवस्था की चर्चा करना भी आवश्यक है, जो उन दिनों प्रचलित थी। वेद कहते हैं कि जो ईश्वर को जानता है, वह ब्राह्मण है; वह जो अपने साथियों की रक्षा करता है, वह क्षत्रिय है; जबकि वह, जो वाणिज्य से जीविका-उपार्जन करता है, वैश्य है।

बुद्ध की प्रत्येक शिक्षा का आधार वेदांत है। वे उन संन्यासियों में से थे, जो उन पुस्तकों और तपोवनों मे छिपे सत्यों को प्रकट करना चाहते थे। मुझे विश्वास नहीं कि संसार उनके लिए आज भी तैयार है।

ये विभिन्न सामाजिक विभाग लौह कठोर जातियों के रूप में विकसित अथवा पतित हो गए और एक सुसंगठित पुरोहित वर्ग राष्ट्र की गरदन पर पैर रखकर खड़ा हो गया। ऐसे समय में बुद्ध का जन्म हुआ, इसलिए उनका धर्म एक सामाजिक और धार्मिक सुधार के प्रयत्न की संपूर्ति है।

बुद्ध की प्रत्येक शिक्षा का आधार वेदांत है। वे उन संन्यासियों में से थे, जो उन पुस्तकों और तपोवनों मे छिपे सत्यों को प्रकट करना चाहते थे। मुझे विश्वास नहीं कि संसार उनके लिए आज भी तैयार है। उसे अब भी उन निम्न स्तर के धर्मों की आवश्यकता है, जो सगुण ईश्वर की शिक्षा देते हैं। इसी कारण, असली बुद्धमत उस समय तक जन-मन को नहीं पकड़ सका, जब तक कि उसमें वे परिवर्तन सम्मिलित नहीं हो गए, जो तिब्बत और तातार से

परावर्तित हुए थे। मौलिक बुद्धमत किंचित् भी शून्यवादी नहीं था। वह केवल जाति व्यवस्था और पुरोहित वर्ग को रोकने का एक प्रयत्न था, वह संसार में मूक पशुओं का सर्वप्रथम पक्षपाती था; वह उस जाति को तोड़ने वालों में सर्वप्रथम था, जो मनुष्य को मनुष्य से अलग करती है।

वेदांत दर्शन बौद्ध एवं अन्य सभी भारतीय मतों का आधार है किंतु हम जिसे आधुनिक पंडितों का अद्वैत दर्शन कहते हैं, उसमें बौद्धों के भी अनेक सिद्धांत मिले हुए हैं। अवश्य ही हिंदू अर्थात् सनातनी हिंदू इस बात को स्वीकार नहीं करेंगे, क्योंकि उनके विचार में बौद्ध नास्तिक हैं, परंतु वेदांत दर्शन को जान-बूझकर ऐसा व्यापक रूप देने की चेष्टा की गई है कि उसमें नास्तिकों के लिए भी स्थान रहे।

वेदांत का बौद्ध मत से कोई झगड़ा नहीं। वेदांत का उद्देश्य ही है, सभी का समन्वय करना।

□

भगवान् बुद्ध का संसार को संदेश

बौद्ध धर्म ऐतिहासिक दृष्टि से सर्वाधिक महत्त्वपूर्ण है। ऐतिहासिक दृष्टि से, दार्शनिक दृष्टि से नहीं, क्योंकि वह संसार में घटित होने वाला बृहत्तम धार्मिक आंदोलन और मानव समाज पर फूट पड़ने वाली विराटतम आध्यात्मिक लहर थी। कोई भी सभ्यता ऐसी नहीं है, जिस पर किसी-न-किसी रूप में उसका प्रभाव न पड़ा हो।

बुद्ध के अनुयायी परम उत्साही और धर्म-प्रचार की भावना से ओतप्रोत थे। विविध धर्मों के अनुयायियों में, अपने मूल संघ के सीमित क्षेत्र से संतुष्ट न रह सकने वाले लोगों में वे प्रथम थे। वे बहुत दूर-दूर फैल गए। उन्होंने पूरब और पश्चिम, उत्तर और दक्षिण की यात्रा की। वे परम तिमिरावृत्त तिब्बत में पहुँचे; वे ईरान और तुर्की (एशिया माइनर) गए; पोलैंड तथा पश्चिमी जगत् के अनेक अन्य देशों को गए; वे चीन, कोरिया और जापान गए; वे ब्रह्मदेश, श्याम और ईस्ट इंडीज तथा उसके और आगे तक गए। जब सिकंदर महान् अपनी सैनिक-विजयों द्वारा भूमध्यसागरीय जगत् को भारत के संपर्क में ले आया, तब भारत के ज्ञान को एशिया और यूरोप के विशाल खंडों में प्रसार करने के निमित्त तत्काल एक मार्ग सुलभ हो गया। बौद्ध भिक्षु विभिन्न राष्ट्रों में धर्म का प्रचार करने निकल गए; और जैसे-जैसे उन्होंने धर्म का उपदेश किया, वैसे-वैसे अंधविश्वास और पुरोहित-प्रपंच सूर्य के सम्मुख कुहरे के सदृश छिन्न-भिन्न होने लगे।

इस आंदोलन को समुचित रूप से समझने के लिए तुम्हें बुद्ध के आविर्भाव

के समय भारत की परिस्थितियों से परिचित होना उसी तरह आवश्यक है, जैसे ईसाई धर्म को समझने के निमित्त तुम्हारे लिए ईसा के समय यहूदी समाज की दशा से अवगत होना। ईसा के जन्म से छह सौ वर्ष पूर्व के भारतीय समाज का कुछ अनुमान तुम्हारे लिए आवश्यक है; उस समय तक भारतीय सभ्यता अपने उत्कर्ष को प्राप्त कर चुकी थी।

यदि तुम भारतीय सभ्यता का अध्ययन करो, तो देखोगे कि वह अनेक बार मरी और पुनरुज्जीवित हुई है; यह एक विचित्रता है। अधिकांश जातियाँ एक बार उत्थान करती हैं और फिर सदा के लिए उनका पतन हो जाता है। जाति दो प्रकार की होती हैं। वे, जो निरंतर विकास करती रहती हैं और वे, जिनके विकास की इति हो जाती है। भारत और चीन जैसे शांतिप्रिय राष्ट्र नीचे गिरते हैं, किंतु फिर उठ खड़े होते हैं, लेकिन अन्य लोग एक बार अधोगति को प्राप्त होने पर फिर उबर नहीं पाते, उनकी मृत्यु हो जाती है। 'मंगलास्पद हैं शांतिनिर्माता, क्योंकि वे ही पृथ्वी का उपभोग करेंगे।'

अधिकांश जातियाँ एक बार उत्थान करती हैं और फिर सदा के लिए उनका पतन हो जाता है। जाति दो प्रकार की होती हैं। वे, जो निरंतर विकास करती रहती हैं और वे, जिनके विकास की इति हो जाती है। भारत और चीन जैसे शांतिप्रिय राष्ट्र नीचे गिरते हैं, किंतु फिर उठ खड़े होते हैं।

जिस समय बुद्ध ने जन्म लिया, भारत को एक महान् आध्यात्मिक नेता, एक पैगंबर की आवश्यकता थी। पुरोहितों का एक प्रबल संगठन वहाँ पहले से ही विद्यमान था। यदि तुम यहूदियों के इतिहास का स्मरण करो, तो तुम स्थिति को अधिक अच्छी तरह समझ सकोगे—उनके यहाँ किस प्रकार दो तरह के धार्मिक नेता थे—पुरोहित और पैगंबर। पुरोहित जनता को अज्ञान में रखते और उनके मन को अंधविश्वासों से भरते रहते थे। पुरोहितों द्वारा निर्दिष्ट पूजा-उपासना की पद्धतियाँ केवल ऐसा साधन भर थीं, जिसके द्वारा वे जनता पर अपना प्रभुत्व जमाए रख सकते थे। प्राचीन व्यवस्था ओल्ड टेस्टामेंट में तुम सर्वत्र पैगंबरों को पुरोहितों के अंधविश्वासों को चुनौती देते

पाते हो। इस संघर्ष के फलस्वरूप पैगंबरों की विजय और पुरोहितों की पराजय हुई।

संसार के इतिहास में पुरोहितों की यह प्रवृत्ति—शक्ति की यह दारुण प्यास, यह बाघ जैसी प्यास, जो मानव प्रकृति का एक अंग प्रतीत होता है—बारंबार सर्वत्र प्रकट होती रही है। पुरोहित तुम्हारे ऊपर अपना आधिपत्य जमाते हैं और तुम्हारे लिए हजारों नियमों की व्यवस्था करते हैं।

पुरोहित यह विश्वास करते हैं कि एक ईश्वर है, किंतु इस ईश्वर के समीप पहुँच सकना और उसे जान सकना केवल उन्हीं के माध्यम से हो सकता है। उस 'पावनं पावनानाम्' में लोग केवल पुरोहितों की अनुमति से ही प्रवेश कर सकते हैं। तुम्हारे लिए आवश्यक है कि तुम उनको दक्षिणा दो, उनकी पूजा करो और अपना सर्वस्व उनके हाथों में रख दो। संसार के इतिहास में पुरोहितों की यह प्रवृत्ति—शक्ति की यह दारुण प्यास, यह बाघ जैसी प्यास, जो मानव प्रकृति का एक अंग प्रतीत होता है—बारंबार सर्वत्र प्रकट होती रही है। पुरोहित तुम्हारे ऊपर अपना आधिपत्य जमाते हैं और तुम्हारे लिए हजारों नियमों की व्यवस्था करते हैं। सरल सत्यों का वर्णन पेचीदा ढंग से करते हैं। स्वयं अपने पद की श्रेष्ठता की पुष्टि में वे तुमको कथाएँ सुनाते हैं। यदि तुम इस जीवन में फलना-फूलना या मृत्यु के उपरांत स्वर्ग जाना चाहते हो, तो तुमको उन्हीं के हाथों पार होना है। तुमको सभी प्रकार के संस्कार और अनुष्ठान करने पड़ते हैं। इस सबने जीवन को इतना जटिल बना दिया है और मस्तिष्क को इतना भ्रांत कर डाला है कि यदि मैं तुमको सीधे-सादे शब्द प्रदान करूँ, तो तुम अपने घर असंतुष्ट ही लौटोगे। इस नशे को पीकर तुम पूर्णरूपेण जड़बुद्धि हो चुके हो। जितना कम तुम समझ पाते हो, उतना ही अच्छा अनुभव करते हो! पैगंबर लोग पुरोहितों और उनके अंधविश्वासों तथा षड्यंत्रों के विरुद्ध चेतावनियाँ देते रहे हैं, किंतु जनता की विशाल राशि ने उन चेतावनियों पर ध्यान देना नहीं सीखा है। अभी उनको शिक्षा मिलना शेष है।

मनुष्य को शिक्षा मिलनी चाहिए। लोग आजकल जनतंत्र की, मनुष्यमात्र की समता की चर्चा करते हैं, किंतु कोई मनुष्य यह कैसे जान पाएगा कि वह सबके समान है ? उसके पास एक सबल मस्तिष्क, निरर्थक विचारों से रहित निर्मल बुद्धि होनी ही चाहिए; उसे अपनी बुद्धि पर जमी अंधविश्वासों की राशि की पपड़ी को भेदकर उस विशुद्ध सत्य पर पहुँचना ही चाहिए; जो उसकी अंतरतमवासी आत्मा में है। तब उसको ज्ञात होगा कि समस्त पूर्णता, सभी शक्तियाँ स्वयं उसके भीतर पहले से ही मौजूद हैं, वे उसको दूसरों के द्वारा प्रदान की जाने वाली नहीं हैं। यह भलीभाँति अनुभव कर लेने पर वह उसी क्षण मुक्त हो जाता है, समता को प्राप्त कर लेता है, वह यह भी भलीभाँति अनुभव कर लेता है कि हर अन्य व्यक्ति भी एक समान वैसा ही पूर्ण है, जैसा वह और अपने बंधु मानवों पर किसी भी प्रकार का शारीरिक, बौद्धिक या नैतिक बलप्रयोग करने की आवश्यकता उसे नहीं है। वह इस विचार को सदा के लिए त्याग देता है कि कभी कोई मनुष्य ऐसा भी हुआ, जो उससे निम्नतर था। तभी वह समता की बात कर सकता है, उसके पूर्व नहीं।

अब जैसा कि मैं तुमको बतला रहा था, यहूदियों में पुरोहितों तथा पैगंबरों के मध्य एक अनवरत संघर्ष चलता रहता था; पुरोहितों ने शक्ति और ज्ञान पर एकाधिकार जमाने की चेष्टा की, किंतु ये उनके हाथों से निकलने लगे और जिन जंजीरों से उन्होंने जनता के पैरों को बाँध रखा था, वे स्वयं उनके पैरों पर आ गिरीं। स्वामी शीघ्र ही दास बन जाते हैं। इस संघर्ष की पराकाष्ठा नाजरथ के ईसा की विजय में हुई। यह विजय की ईसाई धर्म का इतिहास है। ईसा जादू-टोने के इस पुंज को ध्वस्त करने में अंततः सफल हुए। इस महान् पैगंबर ने पुरोहिती स्वार्थ के अजदहे का वध करके, उसके पंजों से सत्य के रत्न का उद्धार करके उसे समग्र संसार को प्रदान कर दिया, जिससे उसको प्राप्त करने की इच्छा करने वाले हर व्यक्ति को इसे प्राप्त करने की पूर्ण स्वतंत्रता हो और उसे किसी पुरोहित या पुरोहितों के प्रसाद की प्रतीक्षा न करनी पड़े।

यहूदी कभी भी बहुत दार्शनिक जाति नहीं रहे हैं। उनके पास न तो भारतीय मस्तिष्क की सूक्ष्मदर्शिता थी, न भारतीयों की यौगिक शक्ति। भारत के पुरोहितों-ब्राह्मणों के पास विपुल बौद्धिक और यौगिक शक्तियाँ थीं। उन्होंने ही भारत के आध्यात्मिक विकास का समारंभ किया और उन्होंने ही अद्‌भुत कार्य निष्पन्न किए। किंतु ऐसा समय भी आया, जब विकास की वह मुक्त प्रेरणा विलुप्त हो गई, जिसने ब्राह्मणों को प्रारंभ में संप्रेरित किया था। उन्होंने शक्तियों और विशेषाधिकारों पर अपने अनुचित दावे आरंभ कर दिए। यदि ब्राह्मण किसी की हत्या कर दे, तो उसे दंड न मिले। ब्राह्मण जन्मना ही विश्व का प्रभु है! दुराचारी-से-दुराचारी ब्राह्मण भी पूजा जाना चाहिए।

यहूदी कभी भी बहुत दार्शनिक जाति नहीं रहे हैं। उनके पास न तो भारतीय मस्तिष्क की सूक्ष्मदर्शिता थी, न भारतीयों की यौगिक शक्ति। भारत के पुरोहितों-ब्राह्मणों के पास विपुल बौद्धिक और यौगिक शक्तियाँ थीं।

लेकिन जहाँ पुरोहित फल-फूल रहे थे, वहाँ संन्यासी कहलाने वाले कवि-मनीषियों का भी अस्तित्व था। सभी हिंदुओं के लिए, उनकी जाति कोई भी हो, आध्यात्मिकता की प्राप्ति के निमित्त, अपने कार्य का परित्याग और मृत्यु के लिए तैयारी करना आवश्यक है। यह संसार उनके लिए किसी प्रयोजन का नहीं रह जाता। संसार से उन्हें निकल आना और संन्यासी हो जाना चाहिए। पुरोहितों द्वारा आविष्कृत सहस्रों धार्मिक कृत्यों से उनका संबंध नहीं रह जाता, जैसे कि कुछ शब्दों का उच्चारण करना—दस अक्षर, बीस अक्षर आदि—यह सब व्यर्थ है।

इस प्रकार प्राचीन भारत के इन कवि-मनीषियों ने पुरोहितों के मार्ग का प्रत्याख्यान किया और शुद्ध सत्य की घोषणा की। उन्होंने पुरोहितों की शक्ति को ध्वस्त करने का प्रयास किया और थोड़ा सफल भी हुए, लेकिन दो ही पीढ़ियों में उनके शिष्य पुनः अंधविश्वासों—पुरोहितों के पेचीदे रास्तों में वापस चले गए और स्वयं भी पुरोहित बन गए—'सत्य को तुम हमारे द्वारा ही पा सकते हो।' सत्य फिर जम गया और पपड़ियों को तोड़ने तथा सत्य को मुक्त

करने पैगंबर फिर आए और यह क्रम इसी प्रकार चलता रहा। हाँ, उस मानव का, पैगंबर का आविर्भाव सदा होता रहना अनिवार्य है, अन्यथा मानवता मर जाएगी।

तुम आश्चर्य करते होगे कि आखिर पुरोहितों के इन चक्करदार तरीकों का होना जरूरी क्यों है? तुम सत्य के पास सीधे क्यों नहीं आ सकते? क्या ईश्वर के सत्य से तुमको शर्म लगती है, जिससे तुमको उसे सभी प्रकार के जटिल मंत्रों और धार्मिक कृत्यों से छिपाना पड़ता है? क्या तुम ईश्वर के कारण लज्जित अनुभव करते हो, जो संसार के समक्ष उनके सत्य को स्वीकार नहीं कर सकते? क्या इसे ही तुम धार्मिक और आध्यात्मिक होना कहते हो? सत्य के योग्य लोग केवल मात्र पुरोहित ही हैं! जनता उसके योग्य नहीं है! सत्य को पतला करना जरूरी है! उसमें थोड़ा पानी मिला लो!

जो संसार के समक्ष उनके सत्य को स्वीकार नहीं कर सकते? क्या इसे ही तुम धार्मिक और आध्यात्मिक होना कहते हो? सत्य के योग्य लोग केवल मात्र पुरोहित ही हैं! जनता उसके योग्य नहीं है! सत्य को पतला करना जरूरी है! उसमें थोड़ा पानी मिला लो!

'गीता' और पर्वत पर उपदेश को लो, वे साक्षात् सरलता हैं। राह चलने वाला भी उन्हें समझ सकता है। कितने महान्! उनमें तुमको सत्य स्पष्टता और सरलता से प्रकट किया गया मिलता है, लेकिन नहीं। पुरोहित यह मान ही नहीं सकते कि सत्य को इतने सीधे ढंग से प्रकट किया जा सकता है। वे दो हजार स्वर्गों और दो हजार नरकों की बात करते हैं। यदि लोग उनके नुस्खों का सेवन करेंगे, तो वे स्वर्ग जाएँगे। यदि वे नियमों का पालन नहीं करते, तो नरक जाएँगे।

लेकिन लोग सत्य से अवगत हो ही जाएँगे। कुछ लोग डरते हैं कि यदि संपूर्ण सत्य सबको दे दिया जाएगा, तो उससे उन्हें हानि पहुँचेगी। उन सबको अमर्यादित सत्य नहीं दिया जाना चाहिए, वे ऐसा कहते हैं, लेकिन सत्य के साथ समझौता करते रहने से जगत् का कोई विशेष लाभ तो हुआ

नहीं। जैसा वह है, उससे भी और बुरा यह क्या होगा? सत्य को बाहर लाओ! यदि वह वास्तविक है, तो कल्याण ही करेगा। जब लोग इसका विरोध करते और अन्य तरीके प्रस्तावित करते हैं, तो वे केवल जादू-टोने का मंडन ही करते हैं।

बुद्ध के समय में भारत उससे परिपूर्ण था। जनराशियाँ थीं और उन्हें समस्त ज्ञान से वंचित कर दिया गया था। यदि वेदों का एक शब्द भी किसी मनुष्य के कान में पड़ जाता, तो उसे भीषण दंड दिया जाता था। पुरोहितों ने वेदों को रहस्य बना रखा था—उन वेदों को, जिनमें प्राचीन हिंदुओं द्वारा खोजे आध्यात्मिक सत्य संचित हैं।

हम भी दूसरों की सहायता करना चाहते हैं, लेकिन हमारे पास वह मस्तिष्क नहीं है; हम वह साधन और उपाय नहीं जानते, जिनके द्वारा सहायता दी जा सकती है। लेकिन इस व्यक्ति के पास आत्माओं के पाशों को तोड़ फेंकने वाले उपायों को खोज निकालने वाला मस्तिष्क था।

अंततः एक व्यक्ति इसे और अधिक सहन नहीं कर सका। उसके पास अभीष्ट मस्तिष्क, अभीष्ट शक्ति और अभीष्ट हृदय—विस्तीर्ण आकाश जैसा असीम हृदय था। उसने देखा कि जनता का नेतृत्व पुरोहित लोग किस प्रकार कर रहे हैं, किस प्रकार वे अपनी शक्ति में गौरव का अनुभव कर रहे हैं और उसने इस संबंध में कुछ करना चाहा। वह किसी पर अपना शक्तिपूर्ण अधिकार नहीं चाहता था। वह मनुष्यों के मानसिक और आध्यात्मिक पाशों को तोड़ डालना चाहता था। उसका हृदय विशाल था। वैसा हृदय हमारे आसपास अनेक लोगों में हो सकता है। हम भी दूसरों की सहायता करना चाहते हैं, लेकिन हमारे पास वह मस्तिष्क नहीं है; हम वह साधन और उपाय नहीं जानते, जिनके द्वारा सहायता दी जा सकती है। लेकिन इस व्यक्ति के पास आत्माओं के पाशों को तोड़ फेंकने वाले उपायों को खोज निकालने वाला मस्तिष्क था। उसने जान लिया कि मनुष्य दुःख से पीड़ित क्यों होता है, और उसने दुःख से निवृत्त होने का मार्ग ढूँढ़ निकाला। वह बहुत ही निष्णात व्यक्ति था। उसने सब चीजों का

समाधान कर लिया; उसने बिना किसी भेदभाव के हर किसी को उपदेश दिया और संबोधि की शांति प्राप्त करने के लिए उनको प्रेरित किया। वह व्यक्ति था बुद्ध।

ऑर्नल्ड के काव्य 'दि लाइट ऑफ एशिया' से तुमको यह तो ज्ञात ही होगा कि बुद्ध किस प्रकार जन्मना एक राजकुमार थे और जगत् के दुःख ने किस गहराई से उनको प्रभावित किया था; भोग-विलास के अंक में पालित-सुरक्षा से किस प्रकार परितुष्ट नहीं हो सके; किस प्रकार वे सत्य की खोज में एक के बाद दूसरे गुरुओं के पास भटकते रहे; और अंततः कैसे उन्होंने संबोधि प्राप्त की? तुम उनके सुदीर्घ धर्मप्रचार, उनके शिष्यों, उनके संगठनों के विषय में भी जानते हो। तुम इन सब बातों से परिचित हो।

बुद्ध भारत में पुरोहितों और मनीषियों के मध्य चलते रहने वाले संघर्ष में विजयस्वरूप थे। इन भारतीय पुरोहितों के संबंध में एक बात कही जा सकती है—वे धर्म के प्रति असहिष्णु कभी नहीं रहे, न हैं; उन्होंने धर्म पर कभी भी अत्याचार नहीं किया। कोई भी उनके विरुद्ध प्रचार कर सकता था। उनका धर्म ही ऐसा है; उन्होंने किसी को उसके धार्मिक विचारों के कारण कभी नहीं सताया, किंतु सभी पुरोहितों की विचित्र दुर्बलता से वे भी आक्रांत थे। शक्ति की आकांक्षा उन्हें भी थी; उन्होंने भी नियम तथा विधि-विधान जारी किए और धर्म को अनावश्यक रूप से जटिल बना दिया, जिससे उन्होंने अपने धर्म के अनुयायियों के बल को उच्छिन्न कर डाला।

बुद्ध ने इन सब अपवृद्धियों को काट फेंका। उन्होंने परम दुर्धर्ष सत्यों का उपदेश किया। उन्होंने वेदों के दर्शन के सारांश की ही शिक्षा बिना भेदभाव किए हर किसी को दी; उन्होंने उसका उपदेश सारे संसार के लिए किया, क्योंकि मानव की समता उनके महान् संदेशों में से एक है। सब मनुष्य बराबर हैं। वहाँ किसी के साथ कोई रियायत नहीं! बुद्ध समता के महान् उपदेष्टा थे। हर स्त्री-पुरुष को आध्यात्मिकता प्राप्त करने का समान अधिकार है, यह उनकी शिक्षा थी। उन्होंने पुरोहितों तथा अन्य जातियों के मध्य अंतर का उन्मूलन कर दिया। निम्नतम लोग भी उच्चतम उपलब्धियों

के अधिकारी हैं; उन्होंने हर किसी के लिए निर्वाण के द्वार खोल दिए। उनकी शिक्षा भारत तक के लिए भी साहसपूर्ण थी। उपदेश का कोई भी परिमाण भारतीय आत्मा को कभी क्षुब्ध नहीं कर सकता, किंतु बुद्ध के धार्मिक सिद्धांतों को निगल सकना भारत के लिए भी कठिन था। तुम्हारे लिए तो वह कितना और कठिन होगा?

उनका धर्मसिद्धांत यह था—हमारे जीवन में दुःख क्यों हैं? इसलिए कि हम स्वार्थी हैं। हम अपने लिए वस्तुओं की कामना करते हैं—इसी कारण दुःख है। छुटकारा पाने का मार्ग क्या है? 'स्व' का परित्याग करना। 'स्व' की सत्ता नहीं है; प्रपंचात्मक जगत् की ही, इस सबकी ही, जिसका प्रत्यक्ष हम करते हैं, सत्ता है। जन्म-मरण—चक्र के पीछे विद्यमान आत्मा नामक कोई वस्तु नहीं है। है विज्ञान-प्रवाह—एक विज्ञान दूसरे विज्ञान का उत्तरोत्तर करता और अस्तित्वहीन हो जाता है, बस केवल इतना; विज्ञान का कोई विज्ञाता नहीं है, आत्मा नहीं है। शरीर सारे समय परिवर्तित होता रहता है; इसी प्रकार मन, चेतना भी। अतएव 'स्व' एक भ्रम है। सारी स्वार्थपरता इस 'स्व' को, इस भ्रांतिजन्य 'स्व' को पकड़े रहने से उत्पन्न होती है। यदि हम इस सत्य को जान लें कि 'स्व' नहीं है, तो हम स्वयं सुखी होंगे और दूसरों को भी सुखी बनाएँगे।

यही था वह, जिसका उपदेश बुद्ध ने किया। उन्होंने केवल बातें नहीं कीं; वे संसार के लिए स्वयं अपना जीवन तक देने को सन्नद्ध थे। उन्होंने कहा है, 'यदि किसी पशु की बलि देना अच्छा है, तो नरबलि उसने भी श्रेष्ठतर है!' और उन्होंने बलि के निमित्त स्वयं को अर्पित किया। उन्होंने कहा, "यह पशुबलि एक दूसरा अंधविश्वास है। ईश्वर और आत्मा, दो बड़े अंधविश्वास हैं। ईश्वर पुरोहितों द्वारा आविष्कृत एक अंधविश्वास मात्र है। यदि, जैसा ब्राह्मण शिक्षा देते हैं कि ईश्वर है, तो इस जगत् में इतना दुःख क्यों है? ठीक मेरे समान वह भी कार्यकारण के नियम का दास है। यदि वह कार्यकारण के नियम से आबद्ध नहीं है, तो वह सृष्टि क्यों रचता है? ऐसा ईश्वर किंचित् भी संतोषजनक नहीं है। शासक स्वर्ग में है, जो विश्व पर अपनी मनमौजी इच्छा से

शासन करता है और हमें यहाँ दुःख में मरने के लिए छोड़ देता है। उसके पास एक क्षण को हम पर दृष्टि डाल लेने तक की भलमनसाहत नहीं है। हमारा सारा जीवन अविच्छिन्न दुःख है, लेकिन इतना ही दंड काफी नहीं है। मृत्यु के बाद हमें ऐसे स्थानों को जाना है, जहाँ हमें दूसरे दंड प्राप्त होंगे और फिर भी हम जगत् के इस स्रष्टा को प्रसन्न करने के लिए तरह-तरह के विधि-विधान और अनुष्ठान निरंतर किया करते हैं!"

> ***हमारा सारा जीवन अविच्छिन्न दुःख है, लेकिन इतना ही दंड काफी नहीं है। मृत्यु के बाद हमें ऐसे स्थानों को जाना है, जहाँ हमें दूसरे दंड प्राप्त होंगे और फिर भी हम जगत् के इस स्रष्टा को प्रसन्न करने के लिए तरह-तरह के विधि-विधान और अनुष्ठान निरंतर किया करते हैं!***

बुद्ध ने कहा है—"ये सारे अनुष्ठान मिथ्या हैं। जगत् में केवल एक ही आदर्श है। सारे मोह को ध्वस्त कर दो, जो सत्य है, वही बच रहेगा। बादल जैसे ही छँटेंगे, सूर्य चमक उठेगा" इस आत्मा को कैसे मारा जाए? पूर्णरूपेण स्वार्थरहित हो जाओ, एक चींटी तक के लिए अपना जीवन देने को प्रस्तुत रहो। किसी अंधविश्वास के निमित्त कर्म न करो, न किसी ईश्वर को प्रसन्न करने के लिए, न कोई पुरस्कार पाने के लिए, वरन् इसलिए कि तुम अपनी आत्मा को मारकर अपनी मुक्ति पाना चाहते हो। उपासना और प्रार्थना तथा वैसा ही और सब निरर्थक है। तुम सब कहते हो, 'मैं ईश्वर को धन्यवाद देता हूँ', लेकिन वह रहता कहाँ है? तुम्हें ज्ञात नहीं, लेकिन फिर भी तुम सब उस ईश्वर के पीछे दीवाने हो रहे हो।

हिंदू लोग अपने ईश्वर के सिवा और सबकुछ छोड़ सकते हैं। ईश्वर को अस्वीकार करने का अर्थ है, भक्ति के पैरों के तले से धरती ही हटा लेना। भक्ति और ईश्वर से हिंदू अवश्य ही चिपके रहेंगे। इनका परित्याग वे नहीं कर सकते। और यहाँ बुद्ध के उपदेश में न आत्मा है, न परमात्मा—केवल कर्म है। किस निमित्त? आत्मा के लिए नहीं, क्योंकि आत्मा तो एक भ्रांति है। इस भ्रांति के उच्छिन्न होने पर ही हम 'हम' हो सकेंगे। उस ऊँचाई तक उठ सकने और कर्म के निमित्त कर्म करने वाले संसार में बहुत ही कम हैं।

फिर भी बुद्ध का धर्म द्रुतगति से फैला। ऐसा उस अद्‌भुत प्रेम के कारण हुआ, जो मानवता के इतिहास में प्रथम बार एक विशाल हृदय से प्रवाहित हुआ और जिसने अपने को केवल मानवमात्र की ही नहीं, प्राणिमात्र की सेवा के प्रति अर्पित कर दिया—ऐसा प्रेम, जिसे जीवमात्र के लिए मुक्ति का एक मार्ग खोज निकालने के अतिरिक्त किसी अन्य बात की चिंता नहीं थी।

मानव ईश्वर से तो प्रेम करता था, लेकिन अपने बंधु मानव के संबंध में सबकुछ भुला बैठा था। जो मनुष्य ईश्वर व राम पर अपने प्राण दे सकता है, वह पलटकर ईश्वर के ही नाम पर अपने बंधु मानव की हत्या भी कर सकता है। संसार की यही दशा थी। लोग ईश्वर की महिमा के निमित्त पुत्र को बलि दे देते, ईश्वर की महिमा के निमित्त राष्ट्रों को लूट लेते, ईश्वर की महिमा के निमित्त सहस्रों प्राणियों की हत्या कर डालते, ईश्वर की महिमा के निमित्त धरती को रक्त से सींच देते। यह प्रथम अवसर था, जब उन्होंने एक-दूसरे ईश्वर-मानव की ओर देखा। यह मानव है, जिससे प्रेम किया जाना चाहिए। मानवमात्र के प्रति उत्कट प्रेम की यह पहली लहर थी—मिलावटों से रहित, सत्य ज्ञान की प्रथम लहर, जिसने भारत से निकलकर, दक्षिण, उत्तर, पूर्व, पश्चिम—एक-एक करके न जाने कितने देशों को आप्लावित कर डाला।

मानव ईश्वर से तो प्रेम करता था, लेकिन अपने बंधु मानव के संबंध में सबकुछ भुला बैठा था। जो मनुष्य ईश्वर व राम पर अपने प्राण दे सकता है, वह पलटकर ईश्वर के ही नाम पर अपने बंधु मानव की हत्या भी कर सकता है। संसार की यही दशा थी।

यह उपदेष्टा सत्य को सत्यवत् भास्वर बनाना चाहता था। न पुरोहितों, शक्तिशालियों, राजाओं के प्रति कोई दया, न समझौता, न उनकी दुराचारिता का साधन बनना। न अंधविश्वासी परंपराओं के सम्मुख झुकना—वे कितनी ही प्राचीन क्यों न हों; न विधि-विधाओं और पुस्तकों के प्रति सिर्फ इसलिए आदर कि वे सुदूर अतीत से चली आ रही हैं। उसने सारे श्रुति-शास्त्रों को, धार्मिक क्रियाकलाप के सभी रूपों को अस्वीकार कर दिया। उसने उस भाषा

संस्कृत तक को अस्वीकार कर दिया, जिसमें परंपरानुसार धर्म की शिक्षा भारत में दी जाया करती थी, जिससे उसके अनुयानियों के लिए उस भाषा के सहवर्ती अंधविश्वासों को ग्रहण कर लेने का अवकाश न रहे।

जिस सत्य की चर्चा हम कर रहे हैं, उसको देखने का एक दूसरा ढंग हिंदू ढंग भी है। हमारा दावा है कि बुद्ध के अनात्मवाद के सिद्धांत को यदि हमारे ढंग से देखा जाए, तो उसे अधिक अच्छी तरह समझा जा सकता है। उपनिषदों के आत्मन् और ब्रह्म का महान् सिद्धांत पहले से ही विद्यमान है। आत्मा वही है, जो परमेश्वर ब्रह्म है। यह सब जो है, ब्रह्म ही है; वही एकमात्र सत्य है। माया के कारण हम उसे भिन्नवत् देखते हैं। आत्मा एक है, अनेक नहीं। वही एक आत्मा विविध रूपों में प्रकाशित होती है। मानव मानव का बंधु इस कारण है कि सभी मनुष्य एक हैं। वेद कहते हैं कि मनुष्य मेरा केवल बंधु ही नहीं है, वह स्वयं मेरा ही स्वरूप है। विश्व के किसी अंश को हानि पहुँचाकर मैं केवल अपने को हानि पहुँचाता हूँ। मैं विश्व हूँ। यह एक मोह है, जो मैं सोचता हूँ कि मैं 'श्री अमुक' हूँ, यही मोह है।

अपनी वास्तविक आत्मा के निकट तुम जितना ही अधिक आते हो, यह मोह उतना ही अधिक नष्ट होता जाता है। सारे भेद और विभाजन जितने ही अधिक नष्ट होते जाते हैं, उतना ही अधिक तुम इस सबको एक ईश्वर के रूप में अनुभव करते हो। ईश्वर है, किंतु वह एक बादल पर विराजमान कोई मनुष्य नहीं है। वह विशुद्ध नहीं है। वह विशुद्ध आत्मा है। वह निवास कहाँ करता है? तुम्हारे अपने स्वयं से भी अधिक निकट। वह आत्मा है। तुम ईश्वर को अपने से पृथक् और मित्र कैसे देख सकते हो! यदि तुम मानते हो कि वह स्वयं तुमसे पृथक् कोई है, तो तुम उसे नहीं जानते। वह स्वयं 'तुम' हो। भारत के महापुरुषों का यही सिद्धांत था।

अपनी वास्तविक आत्मा के निकट तुम जितना ही अधिक आते हो, यह मोह उतना ही अधिक नष्ट होता जाता है। सारे भेद और विभाजन जितने ही अधिक नष्ट होते जाते हैं, उतना ही अधिक तुम इस सबको एक ईश्वर के रूप में अनुभव करते हो।

यह मानना स्वार्थपरता है कि तुम श्री अमुक को देख रहे हो और समस्त जगत् तुमसे भिन्न है। तुम्हारा विश्वास है कि तुम मुझसे भिन्न हो। तुम मेरा कोई खयाल नहीं करते। तुम घर जाते हो, भो कांडा पड़ाव जन करते और सो जाते हो। मैं मर जाऊँ तो भी तुम खाते, पीते और आनंद मनाते रहते हो, लेकिन यदि संसार दुःख से पीड़ित है, तो तुम भी सचमुच सुखी नहीं हो सकते। हम सब एक हैं। पृथकता का भ्रम ही दुःख का मूल है। आत्मा के सिवा किसी का अस्तित्व नहीं है; उसके सिवा कुछ अन्य नहीं है।

ईश्वर उसकी सहायता करता है, जो अपनी सहायता स्वयं करते हैं। ईश्वर के संबंध में इससे विपरीत धारणा हमारी नाड़ियों को दुर्बल, हमारी पेशियों को नरम और हमें परावलंबी बना देती है। हर स्वावलंबी वस्तु सुखी होती है, हर परावलंबी वस्तु दुःखी।

बुद्ध का विचार है कि ईश्वर नहीं है, केवल मनुष्य ही है। उन्होंने ईश्वर-संबंधी प्रचलित धारणाओं में अंतर्निहित मनोवृत्ति का खंडन किया। उन्होंने देखा कि वह मनुष्य को दुर्बल और अंधविश्वासी बनाती है। यदि तुम उससे प्रार्थना करते हो कि वह तुमको सबकुछ दे दे, तो फिर कौन है वह, जो बाहर जाता और काम करता है ? ईश्वर उनके पास आता है, जो कठिन श्रम करते हैं। ईश्वर उसकी सहायता करता है, जो अपनी सहायता स्वयं करते हैं। ईश्वर के संबंध में इससे विपरीत धारणा हमारी नाड़ियों को दुर्बल, हमारी पेशियों को नरम और हमें परावलंबी बना देती है। हर स्वावलंबी वस्तु सुखी होती है, हर परावलंबी वस्तु दुःखी। मनुष्य अपने भीतर असीम शक्ति रखता है, और वह उसे प्राप्त कर सकता है—वह अपने को असीम आत्मा के रूप में सिद्ध कर सकता है। ऐसा किया जा सकता है, लेकिन उसमें तुम विश्वास नहीं करते। तुम ईश्वर से प्रार्थना करते रहो और अपना बारूद सर्वदा सूखा रखो।

बुद्ध ने इसके ठीक विपरीत शिक्षा दी। लोगों को रोने न दो। उनके पास इस प्रार्थना इत्यादि का कुछ भी न रहने दो। ईश्वर दुकान खोले नहीं बैठा है। हर साँस के साथ तुम ईश्वर से प्रार्थना कर रहे हो। मैं बोल रहा हूँ; यह भी एक

प्रार्थना है। तुम सुन रहे हो; एक प्रार्थना यह भी है। क्या तुम्हारा कोई मानसिक या शारीरिक व्यापार कभी ऐसा भी होता है, जिसमें तुम असीम दैवी शक्ति में भाग न लेते हो; यह सब एक अविच्छिन्न प्रार्थना है। यदि तुम शब्दों के एक विन्यास मात्र की ही प्रार्थना करते हो तो तुम प्रार्थना को छिछला बना डालते हो। ऐसी प्रार्थनाओं से अधिक लाभ नहीं होता। कोई वास्तविक फल उनसे शायद ही निकलता हो।

क्या प्रार्थना कोई जादू का मंत्र है, जिसका जप करने से बिना कठिन श्रम किए तुमको चामत्कारिक फल प्राप्त हो जाएगा? नहीं। सबको कठिन श्रम करना है, सबको उस असीम शक्ति की गहराइयों में पहुँचना है। गरीब के पीछे, अमीर के पीछे वही असीम शक्ति है। ऐसा नहीं होता कि एक व्यक्ति तो कठोर श्रम करे और दूसरा कुछ शब्दों का जप करके फलों को प्राप्त कर ले। यह विश्व एक अविच्छिन्न प्रार्थना है। यदि तुम प्रार्थना को इस अर्थ में ग्रहण करते हो तो मैं तुम्हारे साथ हूँ। शब्द आवश्यक नहीं हैं। मूक प्रार्थना श्रेष्ठतर है।

क्या प्रार्थना कोई जादू का मंत्र है, जिसका जप करने से बिना कठिन श्रम किए तुमको चामत्कारिक फल प्राप्त हो जाएगा? नहीं। सबको कठिन श्रम करना है, सबको उस असीम शक्ति की गहराइयों में पहुँचना है। गरीब के पीछे, अमीर के पीछे वही असीम शक्ति है।

जनता का विशाल बहुतर भाग इस सिद्धांत का अर्थ नहीं समझता। आत्मा के संबंध में किसी भी समझौते का अर्थ भारत में यह लिया जाता है कि हमने शक्ति पुरोहितों के हाथों सौंप दी और हम महापुरुषों की महान् शिक्षाओं को भूल गए। बुद्ध यह जानते थे; इसलिए उन्होंने सारे पुरोहिती सिद्धांतों और आचारों को झाड़ फेंका और मनुष्य को स्वयं उसके पैरों पर खड़ा किया। जनता के अभ्यस्त मार्गों के विरुद्ध जाना उनके लिए आवश्यक था; उन्हें क्रांतिकारी परिवर्तन करने थे। परिणामस्वरूप वह बलिदानी धर्म भारत से सदा के लिए नष्ट हो गया और कभी भी पुनरुज्जीवित नहीं किया गया।

प्रकट रूप से बौद्ध धर्म भारत से विलुप्त हो गया है, किंतु वस्तुत: नहीं। बुद्ध के उपदेश में खतरा एक-एक तत्त्व था—वह एक सुधारक धर्म था। जिस विराट् आध्यात्मिक परिवर्तन को उन्होंने निष्पन्न किया, उसको लाने के लिए उन्हें अनेक नकारात्मक शिक्षाएँ देनी पड़ीं, किंतु यदि कोई धर्म नकारात्मक पक्ष को अत्यधिक महत्त्व देता है, तो अंतत: उसके नष्ट हो जाने का खतरा भी रहता है। कोई भी सुधारक संप्रदाय केवल सुधारक होकर जीवित नहीं रह सकता; केवल निर्माणात्मक तत्त्व ही—मूल प्रेरणा, अर्थात् सिद्धांत—जीते रहते हैं। सुधार-संपन्न हो जाने के उपरांत सकारात्मक पक्ष को महत्त्व दिया जाना चाहिए। भवन का निर्माण हो चुकने के बाद मचान अवश्य हटा देना चाहिए।

नकारात्मकता की शक्तियों ने सत्य के सकारात्मक पक्षों का दम घोंट दिया और इस प्रकार भारत ने बौद्ध धर्म के नाम पर फलने-फूलने वाली विनाशात्मक प्रवृत्तियों का प्रत्याख्यान कर दिया। यह भारत के राष्ट्रीय चिंतन का फैसला था।

भारत में कुछ ऐसा हुआ कि समय बीतने के साथ-साथ बुद्धदेव के अनुयायी उनकी शिक्षाओं के नकारात्मक पक्ष पर अत्यधिक बल देने लगे और यह उनके धर्म के अंतिम अध:पतन का कारण बन गया। नकारात्मकता की शक्तियों ने सत्य के सकारात्मक पक्षों का दम घोंट दिया और इस प्रकार भारत ने बौद्ध धर्म के नाम पर फलने-फूलने वाली विनाशात्मक प्रवृत्तियों का प्रत्याख्यान कर दिया। यह भारत के राष्ट्रीय चिंतन का फैसला था।

बौद्ध मत के नकारात्मक तत्त्व—ईश्वर नहीं है और न आत्मा। मैं कह सकता हूँ कि ईश्वर ही केवल ऐसी सत्ता है, जिसका अस्तित्व है—यह एक अत्यंत सकारात्मक कथन है। एक वह ही वास्तविकता है। बुद्ध के यह कहने पर कि आत्मा नहीं है, मैं कहता हूँ, "मनुष्य, तू विश्व के साथ एक है; तू ही वस्तुमात्र है।" कितना सकारात्मक! सुधारात्मक तत्त्व नष्ट हो गया; किंतु निर्माणात्मक निरंतर जीवित रहता आया है। बुद्ध ने निम्नतर प्राणियों के

प्रति दया की शिक्षा दी और तब से भारत में एक भी संप्रदाय ऐसा नहीं हुआ, जिसने समस्त प्राणियों, पशुओं तक के प्रति प्रेम की शिक्षा न दी हो। यह दया, यह करुणा, यह प्रेम ही वह है—किसी भी सिद्धांत की अपेक्षा अधिक महान्, जिसे बौद्ध धर्म ने हमारे लिए छोड़ा है।

बुद्ध के जीवन में एक विशेष आकर्षक है। अपने सारे जीवन भर मैं बुद्ध का परम अनुरागी रहा हूँ, किंतु उनके सिद्धांत का नहीं। अन्य किसी की अपेक्षा मैं उस चरित्र के प्रति सबसे अधिक श्रद्धा रखता हूँ—वह साहस, वह निर्भीकता, वह विराट् प्रेम! उनका जन्म मनुष्य के कल्याण के निमित्त हुआ था। और लोग ईश्वर की खोज, अपने लिए सत्य की खोज कर सकते हैं, किंतु उन्होंने स्वयं अपने निमित्त सत्य का ज्ञान प्राप्त करने की चिंता भी नहीं की। सत्य की खोज उन्होंने इस कारण की कि लोग दुःख से पीड़ित थे। उनकी सहायता कैसे की जाए, यही उनकी एकमात्र चिंता थी। अपने सारे जीवन भर उन्होंने स्वयं के लिए एक विचार तक नहीं किया। हम अज्ञानी, स्वार्थरत, संकीर्णमना मानवप्राणी इस पुरुष की महानता को कभी कैसे समझ सकते हैं?

अपने सारे जीवन भर मैं बुद्ध का परम अनुरागी रहा हूँ, किंतु उनके सिद्धांत का नहीं। अन्य किसी की अपेक्षा मैं उस चरित्र के प्रति सबसे अधिक श्रद्धा रखता हूँ—वह साहस, वह निर्भीकता, वह विराट् प्रेम! उनका जन्म मनुष्य के कल्याण के निमित्त हुआ था।

और उनके अद्‌भुत मस्तिष्क पर विचार करो। कहीं भावुकता का नाम भी नहीं। वह विराट् मस्तिष्क कभी भी अंधविश्वासी नहीं हुआ। विश्वास इसलिए न करने लगो कि एक पुरानी पांडुलिपि प्रस्तुत कर दी गई है या इसलिए कि वह तुमको अपने पूर्वजों से प्राप्त हुई है या इसलिए कि तुम्हारे मित्र चाहते हैं कि तुम विश्वास करो, वरन् तुम अपने लिए स्वयं ही सोचो, अपने लिए सत्य की खोज करो और स्वयं ही उसकी अनुभूति प्राप्त करो। यदि वह सब तुमको सबके लिए कल्याणकारी लगे, तो उसे जनता को प्रदान करो। बालबुद्धि,

दुर्बलमना, भीरुहृदय लोग सत्य को नहीं प्राप्त कर सकते। व्यक्ति को मुक्त और आकाश-सदृश विस्तीर्ण होना पड़ता है। व्यक्ति का मन स्फटिकवत् निर्मल होना चाहिए; केवल तभी सत्य उसमें प्रकाशित हो सकता है। हम अंधविश्वासों से कितने भरे हैं! स्वयं तुम्हारे अपने देश तक में, जहाँ तुम लोग अपने को उच्च शिक्षित मानते हो, तुम संकीर्णता और अंधविश्वासों से कितने पूर्ण हो! जरा सोचो, सभ्यता के प्रति तुम्हारे सारे दावों के बावजूद इस देश में एक बार मुझे बैठने के लिए कुरसी इस कारण नहीं दी गई कि मैं हिंदू हूँ।

हम अंधविश्वासों से कितने भरे हैं! स्वयं तुम्हारे अपने देश तक में, जहाँ तुम लोग अपने को उच्च शिक्षित मानते हो, तुम संकीर्णता और अंधविश्वासों से कितने पूर्ण हो! जरा सोचो, सभ्यता के प्रति तुम्हारे सारे दावों के बावजूद इस देश में एक बार मुझे बैठने के लिए कुरसी इस कारण नहीं दी गई कि मैं हिंदू हूँ।

ईसा के जन्म से छह सौ वर्ष पूर्व, बुद्ध के जीवनकाल में भारतवासियों को अद्‌भुत शिक्षा मिला करती होगी। वे निश्चय ही अत्यंत मुक्तमना रहे होंगे। विशाल जनराशि ने उनका अनुगमन किया। राजाओं ने अपने सिंहासन त्यागे, रानियों ने अपने त्यागे। लोग उनकी शिक्षा का, जो इतनी क्रांतिकारी थी और जो युगों से उनको पुरोहितों द्वारा मिलती रहने वाली शिक्षा से इतनी भिन्न थी, आदर कर सकें और उसे अंगीकार कर सकें, लेकिन उनकी बुद्धि असाधारण रूप से मुक्त और विशाल रही है।

उनकी मृत्यु पर विचार करो। यदि वे जीवन में महान् थे, तो मृत्यु में भी महान् थे। उन्होंने तुम्हारे अमेरिकी आदिवासियों से मिलती-जुलती जाति के एक व्यक्ति द्वारा शिक्षा में दिए खाद्य-पदार्थ को खा लिया। इस जाति के लोग भक्ष्य-अभक्ष्य का बिना कोई विचार किए सबकुछ खा लेते हैं। अतः उन्हें हिंदू स्पर्श तक नहीं करते। उन्होंने अपने शिष्यों से कहा, "तुम इस खाने को न खाना, किंतु इसे मैं अस्वीकार नहीं कर सकता। उस आदमी के पास जाओ और उससे कहो कि उसने मेरे जीवन की सबसे बड़ी सेवाओं में एक मेरे प्रति

की है—उसने मुझे मेरे शरीर से मुक्त कर दिया है।" एक बूढ़ा आदमी आया और उनके निकट बैठ बुद्ध ने उसे उपदेश दिया। जब उन्होंने एक शिष्य को रोते देखा, तो उन्होंने उसकी भर्त्सना यह कहकर की, "यह क्या है? मेरी सारी शिक्षाओं का फल यही है? किसी मिथ्या बंधन को न रहने दो, न मुझ पर निर्भरता को, न इस जाते हुए व्यक्तित्व के मिथ्या महिमा-मंडन को। बुद्ध व्यक्ति नहीं है, वह एक सत्य की सिद्धि है। अपनी मुक्ति स्वयं ही निष्पन्न करो।"

मृत्यु के समय भी उन्होंने अपने लिए किसी विशिष्टता का दावा नहीं किया। इसके लिए मैं उनकी पूजा करता हूँ। जिसे तुम बुद्धों या ईसाओं की संज्ञा देते हो, वे अनुभूति की कतिपय दशाओं के केवल नाममात्र है। संसार के समस्त शिक्षकों में वे ही एक शिक्षक हैं, जिन्होंने स्वावलंबी होने की शिक्षा हमें सबसे अधिक दी है, जिन्होंने हमें अपनी मिथ्या आत्माओं के पास से ही नहीं, वरन् ईश्वर या देवता कही जाने वाली अदृश्य सत्ता या सत्ताओं पर निर्भरता से भी मुक्त किया है। मुक्ति की उस भूमिका में, जिसे वे निर्वाण कहते थे, प्रवेश करने के लिए उन्होंने हर व्यक्ति को आमंत्रित किया है। किसी दिन उसे सबको प्राप्त करना है और वह उपलब्धि ही मनुष्य की चरम निष्पत्ति है।

बुद्धदेव के जन्म के पूर्व इस देश में क्या था? तालपत्र की पोथियों में कुछ धर्म-तत्त्व था, सो भी विरले ही मनुष्य उसको जानते थे। लोग इसको कैसे व्यावहारिक जीवन में चरितार्थ करें, यह बुद्धदेव ने ही सिखलाया। वे ही वास्तव में वेदांत के स्फूर्ति देवता थे।

भगवान् बुद्ध ने धर्म के प्रायः सभी अन्यान्य पक्षों को कुछ समय के लिए दूर रखकर केवल दुःखों से पीड़ित संसार की सहायता करने के महान् कार्य को प्रधानता दी थी, परंतु फिर भी स्वार्थपूर्ण व्यक्ति-भाव से चिपके रहने के खोखलेपन के महान् सत्य का अनुभव करने के निमित्त आत्मानुभव हेतु उन्हें भी अनेक वर्ष बिताने पड़े थे। भगवान् बुद्ध से अधिक निस्स्वार्थ तथा अथक कर्मी हमारी उच्च से उच्च कल्पना के भी परे है, परंतु फिर भी उनकी अपेक्षा

और किसे समस्त विषयों का रहस्य जानने के लिए इतने विकट संघर्ष करने पड़े?

गौतम बुद्ध के महान् संदेश को सुनो। अनायास ही उनकी महान् वाणी हृदय में घर कर लेती है। बुद्ध ने कहा है, 'अपनी स्वार्थपूर्ण भावनाओं का उन्मूलन कर दो, स्वार्थपरता की ओर ले जाने वाली सारी बातें नष्ट कर दो। स्त्री-पुत्र-परिवार आदि बंधनों तथा सांसारिक प्रपंचों से दूर रहो और संपूर्णतया स्वार्थ-शून्य बनो।' संसारी व्यक्ति मन-ही-मन निस्स्वार्थ बनने का संकल्प करता रहता है, किंतु पत्नी-मुख अवलोकन करते ही उसका हृदय स्वार्थ से भर जाता है। माँ स्वार्थशून्य बनने की इच्छा करती है, पर पुत्र का मुखावलोकन करते ही उसके ये भाव लुप्त हो जाते हैं। सबकी यही दशा है। ज्योंही हृदय में स्वार्थपूर्ण कामनाओं का उदय होता है, ज्योंही व्यक्ति स्वार्थपूर्ण उद्देश्य से कार्य प्रारंभ करता है; त्योंही संपूर्ण मनुष्य, सच्चा मनुष्य लुप्त हो जाता है, तब वह पशु बन जाता है, वासनाओं का क्रीतदास बन जाता है। उसे विस्मरण हो जाता है अपने बांधवों का और अब वह कभी नहीं कहता, 'पहले, आप और बाद में मैं'; अब उसके मुँह से निकलने लगता है, 'पहले मैं और मेरे बाद सब अपना-अपना प्रबंध कर लें।"

संसारी व्यक्ति मन-ही-मन निस्स्वार्थ बनने का संकल्प करता रहता है, किंतु पत्नी-मुख अवलोकन करते ही उसका हृदय स्वार्थ से भर जाता है। माँ स्वार्थशून्य बनने की इच्छा करती है, पर पुत्र का मुखावलोकन करते ही उसके ये भाव लुप्त हो जाते हैं।

एकमात्र बुद्ध की एक ऐसे पैगंबर थे, जो कहते थे, "मैं ईश्वर के बारे में तुम्हारे मत-मतांतरों को जानने की परवाह नहीं करता। आत्मा के बारे में विभिन्न सूक्ष्म मतों पर बहस करने से क्या लाभ? भला करो और भले बनो। बस, यही तुम्हें निर्वाण की ओर अथवा जो भी कुछ सत्य है, उसकी ओर ले जाएगा।"

उन्होंने सर्वप्रथम साहसपूर्वक कहा था, "चूँकि कुछ प्राचीन हस्तलिखित

पोथियाँ प्रमाण के लिए प्रस्तुत की जाती हैं, केवल इसीलिए किसी बात पर विश्वास मत कर लो; उस बात को इसलिए भी न मान लो कि वह तुम्हारा जातीय विश्वास है अथवा बचपन से ही तुम्हें उस पर विश्वास कराया गया है, वरन् तुम स्वयं उस पर विचार करो, और विशेष रूप से विश्लेषण करने के बाद यदि देखो कि उससे तुम्हारा तथा दूसरों का भी कल्याण होगा, तभी उस पर विश्वास करो, उसके अनुसार अपना जीवन बिताओ तथा दूसरों को भी उनके अनुसार चलने में सहायता पहुँचाओ।"

अन्य कई महापुरुष थे, जो अपने को ईश्वर का अवतार कहते थे और विश्वास दिलाते थे कि जो उनमें श्रद्धा रखेंगे, वे स्वर्ग प्राप्त कर सकेंगे, पर बुद्ध के अधरों पर अंतिम क्षण तक ये ही शब्द थे, "अपनी उन्नति अपने ही प्रयत्न से होगी। अन्य कोई इसमें तुम्हारा सहायक नहीं हो सकता। स्वयं अपनी मुक्ति प्राप्त करो।"

अपने संबंध में भगवान् बुद्ध कहा करते थे, "'बुद्ध' शब्द का अर्थ है—आकाश के समान अनंत ज्ञानसंपन्न; मुझ गौतम को यह अवस्था प्राप्त हो गई है। तुम भी यदि प्राणपण से प्रयत्न करो, तो उस स्थिति को प्राप्त कर सकते हो।"

ईश्वर में विश्वास रखने से अनेक व्यक्तियों का मार्ग सुगम हो जाता है, किंतु बुद्ध का चरित्र बताता है कि एक ऐसा व्यक्ति भी, जो नास्तिक है, जिसका किसी दर्शन में विश्वास नहीं, जो न किसी संप्रदाय को मानता है और न किसी मंदिर-मसजिद में ही जाता है, जो घोर जड़वादी है, परमोच्च अवस्था प्राप्त कर सकता है।

बुद्ध ने अपनी सब कामनाओं पर विजय पा ली थी। उन्हें स्वर्ग जाने की कोई लालसा न थी और न ऐश्वर्य की ही कोई कामना थी। ईश्वर में विश्वास रखने से अनेक व्यक्तियों का मार्ग सुगम हो जाता है, किंतु बुद्ध का चरित्र बताता है कि एक ऐसा व्यक्ति भी, जो नास्तिक है, जिसका किसी दर्शन में विश्वास नहीं, जो न किसी संप्रदाय को मानता है और न किसी मंदिर-मसजिद में ही जाता है, जो घोर जड़वादी है, परमोच्च अवस्था प्राप्त

कर सकता है। बुद्ध के मतामत या कार्य-कलापों का मूल्यांकन करने का हमें कोई अधिकार नहीं। उनके विशाल हृदय का सहस्रांश पाकर भी मैं स्वयं को धन्य मानता। बुद्ध की आस्तिकता या नास्तिकता से मुझे कोई मतलब नहीं। उन्हें भी वह पूर्णावस्था प्राप्त हो गई थी, जो अन्य जन भक्ति, ज्ञान या योग के मार्ग से प्राप्त करते हैं।

बुद्ध ने द्वैतवादी देवता, ईश्वर आदि की किंचित् भी चिंता नहीं की और जिन्हें नास्तिक तथा भौतिकवादी कहा गया है, वह एक साधारण बकरी तक के लिए प्राण देने को प्रस्तुत थे! उन्होंने मानव जाति में सर्वोच्च नैतिकता का प्रचार किया। जहाँ कहीं तुम किसी प्रकार का नीतिविधान पाओगे, वहीं देखोगे कि उनका प्रभाव, उनका प्रकाश जगमगा रहा है।

जो धर्म उपनिषदों के केवल एक जातिविशेष के लिए आबद्ध था, उसका द्वार गौतम बुद्ध ने सबके लिए खोल दिया। सरल लोकसभा में उसे सबके लिए सुलभ कर दिया। उनका श्रेष्ठत्व उनके निर्वाण के सिद्धांत में नहीं, अपितु उनकी अतुलनीय सहानुभूति में है। समाधि प्रभृति बौद्ध धर्म के वे श्रेष्ठ अंग, जिनके कारण उक्त धर्म को महत्ता प्राप्त है, प्रायः सबके सब वेदों में पाए जाते हैं; वहाँ यदि अभाव है तो वह है, बुद्धदेव की बुद्धि तथा उनका हृदय, जिनकी बराबरी जगत् के इतिहास में आज तक कोई नहीं कर सका।

□

बौद्ध धर्म

जहाँ तक दर्शन की बात है, तथागत के शिष्यों ने वेदों की सनातन चट्टानों पर बहुत हाथ-पैर पटके, पर वे उसे तोड़ न सके और दूसरी ओर उन्होंने जनता के बीच से उस सनातन परमेश्वर को उठा लिया, जिसमें हर नर-नारी इतने अनुराग से आश्रय लेते हैं। फल यह हुआ कि बौद्ध धर्म को भारतवर्ष में स्वाभाविक मृत्यु वरण करनी पड़ी।

बुद्ध ने वेदांत को प्रकाशित किया और उसका जनसाधारण में प्रचार कर भारतवर्ष की रक्षा की। बुद्ध के तिरोभाव के ठीक एक हजार वर्ष पश्चात् फिर उसी प्रकार की परिस्थति उत्पन्न हुई। भीड़ की भीड़, जन साधारण तथा अनेक जातियों ने बौद्ध धर्म ग्रहण कर लिया था। अतः जनता के घोर अज्ञानी होने के कारण बौद्ध धर्म का अपक्षय होना स्वाभाविक था। बौद्ध धर्म किसी ईश्वर या जगत् के शासक का उपदेश नहीं करता। अतः जनसाधारण शनैः-शनैः अपने देवी-देवता, भूत-प्रेत पुनः ले आए और अंत में भारतवर्ष में बौद्ध धर्म नाना प्रकार के विषयों की खिचड़ी जैसा हो गया।

पहले बौद्ध प्राणिहिंसा की निंदा करते हुए वैदिक यज्ञों के घोर विरोधी हो गये थे। उस समय घर-घर इन यज्ञों का अनुष्ठान होता था। हर एक घर पर यज्ञ के लिए आग जलती थी—बस, उपासना के लिए और कुछ ठाट-बाट न था। बौद्ध धर्म के प्रचार से इन यज्ञों का लोप हो गया।

उनकी जगह बड़े-बड़े ऐश्वर्ययुक्त मंदिर, भड़कीली अनुष्ठान-पद्धतियाँ, शानदार पुरोहित तथा वर्तमान काल में भारत में और जो कुछ दिखाई देता है, सबका आविर्भाव हुआ। कितने ही ऐसे आधुनिक पंडितों के, जिनसे अधिक ज्ञान की अपेक्षा की जाती है, ग्रंथों को पढ़ने से यह विदित होता है कि बुद्ध ने ब्राह्मणों की मूर्ति-पूजा उठा दी थी। मुझे यह पढ़कर हँसी आ जाती है। वे नहीं जानते कि बौद्ध धर्म ही ने भारत में ब्राह्मण-धर्म और मूर्ति-पूजा की सृष्टि की थी।

वैदिक युग में प्रतिमा का अस्तित्व नहीं था। उस समय लोगों की यही धारणा थी कि ईश्वर सर्वत्र विराजमान है, किंतु बुद्ध के प्रचार के कारण हम जगत्स्त्रष्टा एवं अपने सखास्वरूप ईश्वर को खो बैठे और उसकी प्रतिक्रियास्वरूप प्रतिमा-पूजा की उत्पत्ति हुई।

भगवान् बुद्धदेव के प्रति मेरी यथेष्ट श्रद्धा-भक्ति है, पर मेरे शब्दों पर ध्यान दो, बौद्ध धर्म का विस्तार उक्त महापुरुष के मत और अपूर्व चरित्र के कारण उतना नहीं हुआ, जितना बौद्ध द्वारा निर्माण किए गए बड़े-बड़े मंदिरों एवं भव्य प्रतिमाओं के कारण, समग्र देश के सम्मुख किए गए भड़कीले उत्सवों के कारण। इसी भाँति बौद्ध धर्म ने उन्नति की। इन सब बड़े-बड़े मंदिरों एवं आडंबर भरे क्रियाकलापों के सामने घरों में हवन के लिए प्रतिष्ठित छोटे-छोटे अग्निकुंड ठहर न सके, पर अंत में इन सब क्रियाकलापों की भारी अवनति हो गई।

सगुण ईश्वर के विरुद्ध बुद्ध के लगातार तर्क करने के फलस्वरूप भारत में प्रतिमा-पूजा का सूत्रपात हुआ। वैदिक युग में प्रतिमा का अस्तित्व नहीं था। उस समय लोगों की यही धारणा थी कि ईश्वर सर्वत्र विराजमान है, किंतु बुद्ध के प्रचार के कारण हम जगत्स्त्रष्टा एवं अपने सखास्वरूप ईश्वर को खो बैठे और उसकी प्रतिक्रियास्वरूप प्रतिमा-पूजा की उत्पत्ति हुई। लोगों ने बुद्ध की मूर्ति गढ़कर पूजा करना आरंभ किया। ईसा मसीह के संबंध में भी वैसा

ही हुआ है। काठ-पत्थर की पूजा से लेकर ईसा और बुद्ध की पूजा तक सभी प्रतिमा-पूजा है; किसी-न-किसी प्रकार की मूर्ति के बिना हमारा काम चल ही नहीं सकता।

वेदांत का बौद्ध मत से कोई झगड़ा नहीं। वेदांत का उद्‌देश्य ही है, सभी का समन्वय करना। उत्तर के बौद्धों के साथ हमारा तनिक भी झगड़ा नहीं है, किंतु ब्रह्मदेश, स्याम तथा अन्य दक्षिण देशों के बौद्ध कहते हैं कि इंद्रियग्राह्य परिदृश्यमान जगत् का ही अस्तित्व है, और वे हमसे पूछते हैं, "इस परिदृश्यमान जगत् के पीछे एक शाश्वत और अपरिवर्तनशील सत्ता की एक अतींद्रिय जगत् की कल्पना करने का तुम्हें क्या अधिकार है?" इसके प्रत्युत्तर में वेदांत कहता है कि यह आरोप मिथ्या है। वेदांत का भी यह मत नहीं रहा कि इंद्रियग्राह्य तथा अतींद्रिय, ये दो जगत् हैं। उसका कहना है कि जगत् केवल एक है। इंद्रियों द्वारा देखे जाने पर वही प्रपंचमय और अनित्य भासता है, किंतु वास्तव में यह सर्वदा अपरिवर्तनशील और नित्य ही है। जैसे मान लो, किसी को रस्सी से सर्प का भ्रम हो गया। जब तक उसे सर्प का बोध है, तब तक उसे रस्सी दिखेगी ही नहीं—वह उसे सर्प ही समझता रहेगा। पर यदि उसे ज्ञात हो जाए कि वह सर्प नहीं रस्सी है, तो फिर वह रस्सी में सर्प कभी नहीं देख सकेगा—उसे केवल रस्सी ही दिखेगी। वह या तो रस्सी है या सर्प ही, किंतु दोनों का बोध एक साथ कभी नहीं होगा। अतएव बौद्धों का हम लोगों पर यह जो आरोप है कि हम दो जगत् में विश्वास करते हैं, सर्वथा मिथ्या है। यदि उनकी इच्छा हो, तो वे इतना कह सकते हैं कि यह इंद्रियग्राह्य जगत् ही—अस्तित्व में है, किंतु वे यह नहीं कह सकते कि दूसरों को उसे अपरिवर्तनीय सत्ता कहने का अधिकार नहीं।

> *वेदांत का उद्‌देश्य ही है, सभी का समन्वय करना। उत्तर के बौद्धों के साथ हमारा तनिक भी झगड़ा नहीं है, किंतु ब्रह्मदेश, स्याम तथा अन्य दक्षिण देशों के बौद्ध कहते हैं कि इंद्रियग्राह्य परिदृश्यमान जगत् का ही अस्तित्व है।*

'अहिंसा परमो धर्मः' बौद्ध धर्म का एक बहुत अच्छा सिद्धांत है, परंतु अधिकारी का विचार न करके जबरदस्ती राज्य की शक्ति के बल पर उस मत को सर्वसाधारण पर लादकर बौद्ध धर्म ने देश का सर्वनाश किया है। परिणाम यही हुआ कि लोग चींटियों को तो चीनी देते हैं, पर धन के लिए भाई का भी सर्वनाश कर डालते हैं।

"प्रभु (भगवान् बुद्ध) कहते हैं कि स्वार्थ भाव संसार के लिए एक अभिशाप है। हम स्वार्थी होते हैं और उसी में यह शाप छिपा हुआ है। वास्तव में, इस स्वार्थ से कुछ भी नहीं बनता। प्रकृति एक गूढ़ नियम की तरह तुम नदी प्रवाह की तरह सदा आगे-आगे बहते रहते हो। अब निस्स्वार्थ होकर समझ-बूझ के साथ अपने पैरों पर दृढ़ हो जाओ। ईश्वर, आत्मा आदि की चिंता न करो। मात्र अच्छे के लिए ही अच्छा करो। इसमें न कोई भय हो, न कोई आसक्ति।"

उत्तरी बौद्ध धर्म के अधिकांश अनुयायी मुक्ति में विश्वास रखते हैं। वे यथार्थतः वेदांती ही हैं। केवल सिंहल के बौद्ध निर्वाण को विनाश के समानार्थक रूप में ग्रहण करते हैं।

□

ईशदूत ईसा

सागर में एक ओर जहाँ तरंगों का नर्तन होता है, दूसरी ओर एक अथाह खाई भी होती है। उच्च तरंग उठती है और विलीन होती है। फिर एक प्रबलतर तरंग उठती है, मुहूर्त मात्र में उसका पतन होता है और पुनः उत्थान भी। इसी प्रकार तरंग-पर-तरंग सागर के वक्ष पर अग्रसर होती रहती हैं। विश्व के घटना-प्रवाह में भी निरंतर इसी प्रकार का उत्थान और पतन होता रहता है, किंतु हमारा ध्यान केवल उत्थान की ओर जाता है। हमें पतन का विस्मरण हो जाता है, पर विश्व की गति के लिए दोनों ही आवश्यक हैं—दोनों ही महत्त्वपूर्ण है। यही विश्व-प्रवाह की रीति है।

हमारे मानसिक, पारिवारिक, सामाजिक और आध्यात्मिक जगत् में सर्वत्र यही क्रमगति, यही उत्थान-पतन चल रहा है। इसी प्रकार विश्व प्रवाह में उच्चतम कार्य, उदार आदर्श समय-समय पर जन्म लेते हैं और जनसमूह की दृष्टि आकर्षित कर विलीन हो जाते हैं—मानो वे अतीत के भावों का परिपाक कर रहे हों, मानो प्राचीन आदर्शों का मंथन करने को वे अदृश्य हो गए हों, जिससे वे भावसमूह, ये आदर्श, समाज में अपना योग्य स्थान पा लें, समाज के एक-एक अंग के रुधिरबिंदु में उनका प्रवेश हो जाए और पुनः एक प्रबल एवं उच्चतर उत्थान के लिए वे शक्ति संचय कर लें।

दुनिया के राष्ट्रों के इतिहास में भी यही गति दृष्टिगोचर होती है। इस महान् आत्मा का, इस ईशदूत ईसा का, जिसकी जीवनगाथा पर यहाँ विवेचन किया जाएगा, अपनी जाति के इतिहास के एक ऐसे युग में आविर्भाव

हुआ था, जिसे पतनकाल कहने में अत्युक्ति न होगी। उनके उपदेश और कार्यकलाप के किंचित् लिपिबद्ध विवेचनों की हमें यत्र-तत्र कुछ झलक मात्र ही मिलती है। यह सच ही कहा गया है कि उस महापुरुष के उपदेश और कर्मवीरता की अब गाथाएँ यदि लिपिबद्ध की जातीं, तो सारा विश्व उनसे व्याप्त हो जाता। उनके धर्म-प्रचारकाल के तीन वर्षों में मानो एक पूर्ण युग की घटनाओं का एकत्र समावेश हुआ था, जिसके प्रकट होने में पूरी उन्नीस शताब्दियाँ लग गई हैं और न जाने और कितने वर्ष लगेंगे! मेरे और तुम्हारे जैसे क्षुद्रजन केवल क्षुद्र शक्ति के आधार हैं। कुछ क्षण, कुछ घटिकाएँ, कतिपय मास, ज्यादा-से-ज्यादा कुछ वर्ष, बस ये उस क्षुद्र शक्ति के व्यय के लिए, उसके पूर्ण प्रसरण और अधिकतम विकास के लिए पर्याप्त हैं और उसके बाद हममें कुछ भी शक्ति अवशिष्ट नहीं रह जाती, किंतु हमारे इन आलोच्य महाशक्तिधर पुरुष की ओर जरा देखिए। कई शताब्दियाँ बीत गईं, किंतु वे जगत् में जिस शक्ति का संचार कर गए, उसका प्रसार कार्य अभी तक रुका नहीं, उसका पूर्ण व्यय अभी तक हुआ नहीं। ज्यों-ज्यों युग पर युग बीतते जा रहे हैं, त्यों-त्यों वह नूतन बल से बलवती होती जा रही है।

आज हम ईसा की जीवनी में संपूर्ण अतीत का इतिहास देखते हैं। वैसे तो हर सामान्य मानव का जीवन भी उसके अतीत भावसूचक का इतिहास ही है। समूची जाति का यह अतीत भावसमूह प्रत्येक में आनुवंशिकता, वातावरण, शिक्षा एवं पूर्व जन्म के संस्कारों द्वारा आता ही रहता है।

आज हम ईसा की जीवनी में संपूर्ण अतीत का इतिहास देखते हैं। वैसे तो हर सामान्य मानव का जीवन भी उसके अतीत भावसूचक का इतिहास ही है। समूची जाति का यह अतीत भावसमूह प्रत्येक में आनुवंशिकता, वातावरण, शिक्षा एवं पूर्व जन्म के संस्कारों द्वारा आता ही रहता है। एक प्रकार से हमारे इस जगत् की संपूर्ण ब्रह्मांड की इतिकथा हर एक जीवात्मा में विद्यमान है। हमारा आज का वर्तमान रूप उस अनंत अतीत के एक क्षुद्र कार्य और फल

के अतिरिक्त और क्या है? अनंत घटना प्रवाह में अनिवार्यतया अविराम रूप से अग्रसर होने वाली, स्थिर रहने में असमर्थ, छोटी-छोटी उर्मियों के अतिरिक्त हम और क्या हैं? मैं और तुम जलप्रवाह में केवल क्षुद्र बुदबुदे हैं। विश्व-व्यापार के महासागर में कुछ विशाल तरंगें रहती ही हैं। मेरे और तुम्हारे जैसे क्षुद्रजन में अतीत के भावसमूह का अति अल्प अंश ही व्यक्त होता है, किंतु ऐसे शक्तिसंपन्न महापुरुष भी होते हैं, जो प्राय: संपूर्ण अतीत के साकार रूप होते हैं और जो मानो अपनी दीर्घ प्रसारित बाहुओं से सुदूर भविष्य की सीमाओं को भी स्पर्श करते रहते हैं। ये महापुरुष मानवजाति के उन्नति-पथ पर यत्र-तत्र स्थापित मार्गदर्शक स्तंभों के समान हैं। वे सचमुच इतने महान् हैं कि उनकी छाया मानो समस्त पृथ्वी को आच्छन्न कर लेती है; वे अमर, अनंत और अविनाशी हैं। इसी महापुरुष ने कहा है, 'किसी भी व्यक्ति ने ईश्वर-पुत्र के माध्यम के बिना ईश्वर का साक्षात्कार नहीं किया है।' और यह कथन अक्षरश: सत्य है। ईश्वर-तनय के अतिरिक्त हम ईश्वर को और कहाँ देखेंगे? यह सच है कि मुझमें और तुममें से निर्धन से भी निर्धन और हीन से भी हीन व्यक्ति में भी परमेश्वर विद्यमान है, उसका प्रतिंबिब मौजूद है। प्रकाश की गति सर्वत्र है, उसका स्पंदन सर्वव्यापी है, किंतु हमें उसे देखने के लिए दीप जलाने की आवश्यकता होती है। जगत् का सर्वव्यापी ईश भी तब तक दृष्टिगोचर नहीं होता, जब तक ये महान् शक्तिशाली दीपक, ये ईशदूत, ये उसके संदेशवाहक और अवतार, ये नर-नारायण उसे अपने में प्रतिबिंबित नहीं करते।

हम सबको ईश्वर के अस्तित्व में विश्वास है, फिर भी हम उसे देख नहीं पाते, उसे समझ नहीं पाते। ईश्वर के इन सब महान् ज्ञानज्योति-संपन्न अग्रदूतों में से आप किसी एक की ही जीवनगाथा लीजिए और ईश्वर की जो उच्चतम भावना अपने हृदय में धारण की है, उससे उसके चरित्र की तुलना कीजिए। आपको प्रतीत होगा कि इन जीवित और जाज्वल्यमान आदर्श महापुरुषों के चरित्र की अपेक्षा आपकी भावनाओं का ईश्वर अनेकांश में हीन है। ईश्वर के अवतार का चरित्र आपके कल्पित ईश्वर की अपेक्षा कहीं अधिक उच्च

है। आदर्श के विग्रहस्वरूप इन महापुरुषों ने ईश्वर की साक्षात् उपलब्धि कर अपने महान् जीवन का जो आदर्श, जो दृष्टांत हमारे सम्मुख रखा है, ईश्वरत्व की उससे उच्च भावना करना असंभव है। इसलिए यदि कोई इनकी ईश्वर के समान अर्चना करने लगे, तो इसमें क्या अनौचित्य है? इन नर-नारायणों के चरणांबुजों में लुंठित हो यदि कोई उनकी भूमि पर अवतीर्ण ईश्वर के समान पूजा करने लगे, तो क्या पाप है? यदि उनका जीवन हमारे ईश्वर के समान पूजा करने लगे, तो क्या पाप है? यदि उनका जीवन हमारे ईश्वरत्व के उच्चतम आदर्श से भी उच्च है, तो उनकी पूजा करने में क्या दोष? दोष की बात तो दूर रही, ईश्वरोपासना की केवल यही एक विधि संभव है। आप कितना ही प्रयत्न करें, पुनः-पुनः सूक्ष्म से सूक्ष्म विषयों पर मनन करें, पर जब तक आप इस मानवजगत् में, मानवदेह में अवस्थित हैं, नरभावापन्न हैं, तब तक आपको विश्व मानवी होगा, आपका धर्म मानवी होगा और आपका ईश्वर भी मानवी होगा। उसका अन्यथा होना असंभव है। कौन इतना निर्बुद्ध है, जो प्रत्यक्ष साक्षात् वस्तु को ग्रहण न कर कल्पनाओं के पीछे दौड़ता फिरेगा, उन भावनाओं के साक्षात्कार के लिए खाक छानता फिरेगा, जिनकी धारणा करना भी कठिन है और जिन तक किसी स्थूल माध्यम की सहायता बिना पहुँचना सर्वथा असंभव है? इसीलिए ईश्वर के इन अवतारों की सभी युगों एवं सभी देशों में पूजा होती रही है।

अब हम यहूदियों के पैगंबर ईसा मसीह के जीवन का कुछ विवेचन करेंगे। विविध जातियों के इतिहास में हमें उत्थान और पतन का क्रम दृष्टिगत होता है। ईसा का जन्म एक ऐसे युग में हुआ, जिसे हम 'यहूदी जाति का पतनकाल' कह सकते हैं—एक ऐसा युग, जब व्यक्तियों की विचारशक्ति कुछ शिथिल हो जाती है और वे अतीत के सपनों के नीड़ में विश्राम करने लगते हैं, जीवन-प्रवाह स्थिर होकर उसमें बदबू पैदा होने लगती है, विचार संकुचित होने लगते हैं, जीवन एवं जगत् की महान् समस्याएँ दृष्टि से ओझल क्लांत होकर चर्वण और रक्षण करती रहती है। सारांश में, यह अवस्था दो तरंगों के उत्थान के बीच की पतनावस्था के समान ही थी। ध्यान रहे कि

मैं इस अवस्था में कोई दोष नहीं देखता। हमें इसकी निंदा करने का कोई अधिकार नहीं; क्योंकि यदि यहूदी जाति के इतिहास में यह अवस्था न आती, तो इसके परवर्ती उत्थान की, जिसके कि नाजरथवासी ईसा मूर्त स्वरूप थे— कोई संभावना न रहती। भले ही पारसी धर्म संप्रदाय ईसा मसीह के आविर्भाव के समय अस्तित्व में था। इस संप्रदाय के लोग धर्म के यथार्थ तत्त्व की अपेक्षा बाह्य अनुष्ठानों को ही अधिक महत्त्व देते थे एवं सैड्युसी लोग कपटशील रहे हों, अनैतिक एवं अधर्माचारी रहे हों, ऐसे कार्यों में रत रहे हों, जो उन्हें नहीं करने चाहिए थे, किंतु उनके इन्हीं कार्यों की फलोत्पत्ति ईसा का महान् व दिव्य जीवन है।

कई बार बाह्य धार्मिक क्रियाकलापों, रीतियों तथा छोटे-छोटे विवरणों का उपहास किया जाता है, किंतु उनमें धर्म-जीवन की शक्ति निहित रहती है। कई बार प्रगतिपथ पर अग्रसर होने के लिए जल्दबाजी करने से हम अपनी धर्मशक्ति खो बैठते हैं।

कई बार बाह्य धार्मिक क्रियाकलापों, रीतियों तथा छोटे-छोटे विवरणों का उपहास किया जाता है, किंतु उनमें धर्म-जीवन की शक्ति निहित रहती है। कई बार प्रगतिपथ पर अग्रसर होने के लिए जल्दबाजी करने से हम अपनी धर्मशक्ति खो बैठते हैं। देखा जाता है कि साधारणतः उदारमना व्यक्ति की अपेक्षा धर्मांध व्यक्ति का मनोबल अधिक होता है। इसलिए धर्मांध पुरुष में भी एक बड़ा गुण है। वह अपने में मानो महान् शक्तिराशि संचित रखता है।

व्यक्ति के समान जाति में भी इसी प्रकार शक्ति संचय होता है। चारों ओर बाह्य शत्रुओं से घिरी रोमन जाति के पराक्रम से प्रताड़ित हो एक केंद्र में सन्निबद्ध बौद्धिक जगत् में यूनानी भावसमूह द्वारा तथा फारस, भारत एवं अलेक्जैंड्रिया ने आने वाली भाव लहरियों से विताड़ित यह जाति प्रबल मानसिक, शारीरिक एवं नैतिक शक्तियों से परिवेष्टित होने के कारण प्रचंड स्वाभाविक एवं स्थितिशील शक्ति का आगार हो गई, जो अब भी उसके वंशधरों में लुप्त नहीं हुई है। बाध्य होकर इस जाति को अपनी संपूर्ण शक्ति

यरुशलम और यहूदी धर्म पर केंद्रित करनी पड़ी और शक्ति की यह प्रकृति है कि एक बार संचित होने पर फिर वह एक स्थान में अधिक समय तक नहीं रह सकती; वह अपना प्रचार कर अपने को नि:शेष करने लगती है। पृथ्वी में ऐसी कोई शक्ति नहीं है, जो दीर्घकाल तक एक सीमित स्थान में बंदी बनाई जा सके। यह कहकर कि सुदूर भविष्य में उसका प्रसार हो जाएगा, उसे एक स्थान में अति दीर्घकाल तक संकुचित करके रखना असंभव है।

सभी महापुरुष अपने युग के घटनाचक्र के फल या कार्य-स्वरूप हैं, उनकी जाति का अतीत ही उनका निर्माण करता है, किंतु वे स्वयं अपनी जाति के भविष्य का सृजन करते हैं। आज का कार्य अपने पूर्ववर्ती कारण समूह का फल और भावी कार्य का कारण है।

यहूदी जाति की यह केंद्रित शक्ति भी परवर्ती युग में ईसाई धर्म उत्थान के रूप में प्रकट हुई। विभिन्न दिशाओं से आने वाले क्षुद्र स्रोतों ने मिल-मिलकर एक स्रोतस्वती का निर्माण किया और क्रमश: उन्होंने तक तरंगशालिनी, वेगवती महानदी का रूप धारण कर लिया। इसी विशाल प्रवाह की उच्च तरंग के शिखर पर हम नाजरथ निवासी ईसा को अधिष्ठित पाते हैं। इस प्रकार, सभी महापुरुष अपने युग के घटनाचक्र के फल या कार्य-स्वरूप हैं, उनकी जाति का अतीत ही उनका निर्माण करता है, किंतु वे स्वयं अपनी जाति के भविष्य का सृजन करते हैं। आज का कार्य अपने पूर्ववर्ती कारण समूह का फल और भावी कार्य का कारण है। हमारे आलोच्य महापुरुष पर भी यही सिद्धांत घटता है। ईशदूत ईसा मसीह उस सबके साकार स्वरूप हैं, जो उनकी जाति में श्रेष्ठ और उच्च है, जाति के उस जीवनोद्देश्य के मूर्तरूप हैं, जिसकी सिद्धि के लिए जाति ने शत-शत युगों तक संघर्ष किया है और वे स्वयं केवल अपनी ही जाति के नहीं, अपितु असंख्य जातियों के भावी जीवन के शक्तिस्रोत हैं।

और एक बात हमें यहाँ स्मरण रखनी चाहिए, इस महान् पैगंबर पर मेरा

विवेचन प्राच्य दृष्टिकोण से होगा। कई बार आप भी यह भूल जाते हैं कि ईसा प्राच्य देशीय थे। ईसा को नील चक्षुओं और पीत केशों के साथ चित्रित करने के आपके प्रयत्नों के बावजूद भी ईसा की प्राच्य देशीयता में कोई अंतर नहीं आता। बाइबिल में प्रयुक्त उपमा एवं रूपक, उसमें वर्णित स्थान एवं दृश्य, इसका दृष्टिकोण, उसके रहस्यमय काव्य एवं चरित-चित्रण, उसके प्रतीक, ये सब प्राच्य का ही तो संकेत करते हैं। उसमें वर्णित नीला चमकीला आकाश, ग्रीष्म का उत्ताप, प्रखर रवि, तृषार्त नर-नारी एवं खगमृग, सिर पर घड़े ले जल भरने कुओं पर जाते हुए नर-नारीगण, किसान, गड़रिए एवं कृषि कार्य, पनचक्की एवं उसके समीपवर्ती सरोवरादि, ये सब केवल एशिया ही में दिखाई पड़ते हैं।

एशिया की आवाज सदैव धर्म की आवाज रही है और यूरोप सदैव राजनीति की भाषा बोलता रहा है। अपने-अपने क्षेत्र में दोनों ही महान् हैं। यूरोप की यह बोली प्राचीन यूनानी विचारों की प्रतिध्वनि मात्र है। यूनानी अपने समाज को ही सर्वस्व और सर्वोच्च मानते थे। उनकी दृष्टि में अन्य सब बर्बर और असभ्य थे। उनके सिवाय इतरों को जीवित रहने का अधिकार नहीं था। उनके मत में वे स्वयं जो करते थे, वही कर्तव्य था, वही श्रेष्ठ था; संसार में अन्य जो कुछ है, वह गलत है और उसको नष्ट कर देना चाहिए। उनकी सहानुभूति मानवजाति में एकांत सीमाबद्ध है, अत्यंत स्वाभाविक है और इसलिए उनकी सभ्यता कला-कौशलमय है। यूनानी मस्तिष्क संपूर्णतया इहलोक का चिंतन करता है, उसी में निवास करता है। इस संसार से बाहर के किसी भी विषय का विचार उसके मन में कभी भी नहीं आता। इसका काव्य भी इसी व्यावहारिक जगत् से प्रेरणा पाता है। उसके देवी-देवता भी मानवरूप, मानव-

एशिया की आवाज सदैव धर्म की आवाज रही है और यूरोप सदैव राजनीति की भाषा बोलता रहा है। अपने-अपने क्षेत्र में दोनों ही महान् हैं। यूरोप की यह बोली प्राचीन यूनानी विचारों की प्रतिध्वनि मात्र है। यूनानी अपने समाज को ही सर्वस्व और सर्वोच्च मानते थे।

प्रकृतिपूर्ण हैं और मानवों के साधारण सुखः-दुःख से उत्पन्न नाना प्रकार के आवेगों का अनुभव करने वाले हैं।

यूनानी को सौंदर्य से प्यार है, पर वह ऐहिक सौंदर्य है—प्रकृति की रमणीकता है। उसकी सौंदर्योपासना केवल शैलराजि, शुभ्र हिमराशि, पुष्पों के सौंदर्य, ब्राह्य अवयवों व आकृतियों के सौंदर्य, मानवी मुख व उसकी सुघड़ता और सुडौलता के सौंदर्य तक ही सीमित है। यही यूनान परवर्ती यूरोप का आचार्य था, इसीलिए यूरोप की वाणी यूनान की वाणी की एक प्रतिध्वनि मात्र है।

एशिया की आवाज इससे भिन्न है। एशियावासियों की प्रकृति कुछ और है। उस प्रकांड भूमिखंड, उस विशाल महादेश की जरा कल्पना तो कीजिए, जिसके गगनचुंबी शैलशिखर बादलों को चीरकर आकाश की नीलिमा को चूमते रहते हैं; जिसके अंक में एक और अनंत बालुकाराशि सोई पड़ी है, जिसमें एक बूँद भी पानी मिलना असंभव है, कोसों तक एक हरिततृण के दर्शन होना भी दुर्लभ है, और दूसरी ओर भूमि, जिसे सूरज की किरणें छू तक न गई हों, हरित-वनराशि का अनंत अवगुंठन धारण किए है, जहाँ विशाल वेगवती महानदियाँ अठखेलियाँ करती समुद्र की ओर बह जाती हैं। चतुर्दिक् प्राकृतिक सौंदर्य से परिवेष्ठित एशियावासियों का सौंदर्य एवं महानता के प्रति प्रेम बिल्कुल भिन्न दिशा में प्रवाहित हुआ। बहिर्दृष्टि त्यागकर वे अंतर्दृष्टिपरायण हो गए। उनमें भी प्राकृतिक सौंदर्य के लिए वही पिपासा है, शक्ति के लिए वही भूख है। यूनानियों के समान उनमें भी इतरों को असभ्य एवं बर्बर समझने की प्रवृत्ति है, उन्नति की आकांक्षा है, किंतु उनके इन भावों की परिधि विशाल और विस्तृत है।

चतुर्दिक् प्राकृतिक सौंदर्य से परिवेष्ठित एशियावासियों का सौंदर्य एवं महानता के प्रति प्रेम बिल्कुल भिन्न दिशा में प्रवाहित हुआ। बहिर्दृष्टि त्यागकर वे अंतर्दृष्टिपरायण हो गए। उनमें भी प्राकृतिक सौंदर्य के लिए वही पिपासा है, शक्ति के लिए वही भूख है।

एशिया में आज भी जन्म, वर्ण या भाषा के भेद पर जातियों का संघटन आधारित नहीं है। जातियाँ धर्म पर आधारित हैं। इस प्रकार सब ईसाइयों की जाति एक होगी, सब मुसलमान एक ही जाति के होंगे और इसी प्रकार सब बौद्ध एवं हिंदू भी एक-एक जाति के होंगे। चीन निवासी एक बौद्ध फारस में रहने वाले दूसरे बौद्ध को अपना भाई मानता है, अपनी ही जाति का अंग मानवजाति को एक सूत्र में बाँधता है। वही एक सम्मिलनभूमि है, जहाँ विविध देशों के लोग अपने भेदभाव भूलकर परस्पर गले लगते हैं। और फिर इसी कारण एशियावासी जन्मजात स्वप्नद्रष्टा होते हैं, स्थूल जगत् की अपेक्षा उसके परे किसी सूक्ष्म जगत् का चिंतन करना अधिक पसंद करते हैं। जलप्रपातों पर नाचती हुई लहरियाँ, खगकुल का कलरव, सूर्य, चंद्र, नक्षत्र-तारा-ग्रह-संकुला रात्रि, निसर्ग आदि का सौंदर्य उन्हें मनोरम प्रतीत होता है। इसमे कोई संदेह नहीं, किंतु प्राच्य मन के लिए यह पर्याप्त नहीं है। वह वर्तमान और इहलोक के धरातल को छोड़ किसी अतीत के सपनों का सृजन करता है, किसी अतींद्रिय सौंदर्य को खोलता है। वर्तमान, प्रत्यक्ष और दृश्य जगत् मानो उसके लिए कुछ है ही नहीं। युगों से प्राची कई जातीय जीवन का रंगमंच रही है। उसने न मालूम नियति चक्र के कितने परिवर्तन देखे हैं? उसने एक राज्य के बाद दूसरे राज्य को, एक साम्राज्य के बाद दूसरे साम्राज्य को अभ्युदित होते, उठते और फिर गिरकर मिट्टी में मिलते देखा है; मानवीय शक्ति, प्रभुत्व, ऐश्वर्य और धनराशि को अपने कदमों में लुढ़कते और निछावर होते देखा है। अनंत विद्या, असीम शक्ति तथा अनेकानेक साम्राज्यों की विशाल समाधिभूमि—यह है प्राच्य भूमि का

जलप्रपातों पर नाचती हुई लहरियाँ, खगकुल का कलरव, सूर्य, चंद्र, नक्षत्र-तारा-ग्रह-संकुला रात्रि, निसर्ग आदि का सौंदर्य उन्हें मनोरम प्रतीत होता है। इसमे कोई संदेह नहीं, किंतु प्राच्य मन के लिए यह पर्याप्त नहीं है। वह वर्तमान और इहलोक के धरातल को छोड़ किसी अतीत के सपनों का सृजन करता है, किसी अतींद्रिय सौंदर्य को खोलता है।

परिचय। कोई आश्चर्य नहीं, यदि प्राची के निवासी इहलोक की वस्तुओं को तिरस्कार के साथ देखें और स्वभावतः किसी ऐसी वस्तु के दर्शन की चिर अभिलाषा उनके हृदय में अंकुरित हो जाए, जो अपरिवर्तनशील हो, जो अविनाशी हो, जो इस विनाशशील एवं दुःखपूर्ण जगत् में अमर एवं नित्य आनंदपूर्ण हो। प्राची के महापुरुष इन आदर्शों की घोषणा करते कभी नहीं थकते और जहाँ तक महापुरुषों एवं अवतारों का प्रश्न है, आपको स्मरण होगा कि उनमें से सभी बिना किसी अपवाद के प्राच्यदेशी हैं।

इसलिए हम अपने आलोच्य महापुरुष, जीवन के इस दिव्य-संदेशवाहकों के जीवन का मूलमंत्र यही पाते हैं कि "यह जीवन कुछ नहीं है, इससे भी उच्च कुछ और है।" इस इंद्रियातीत तत्त्व को अपने जीवन में परिणत कर उसने यह परिचय दिया है कि वह प्राणी का सच्चा पुत्र है। पाश्चात्य देशों के निवासी भी अपने कार्यक्षेत्र में सामरिक, राजनीतिक आदि कार्यों के संचालन में अपनी दक्षता एवं व्यावहारिकता का परिचय देते हैं। शायद पूर्व का निवासी इन सब कार्यों में इतना कर्तृत्वपूर्ण नहीं है, किंतु अपने निज के क्षेत्र में वह भी कार्यदक्ष है—अपने जीवन को अपने धर्म पर आधारित करने में उसने भी अपनी व्यवहार-कुशलता दिखाई है। यदि वह आज किसी दर्शन का प्रचार करता है, तो देखा जाएगा कि कल ही सैकड़ों नर-नारी अपने जीवन में उसकी उपलब्धि करने का जी-तोड़ प्रयत्न कर रहे हैं। यदि कोई व्यक्ति उपदेश करता है कि एक पैर पर खड़े रहने से मुक्ति संभव है, तो उसे अल्पकाल में ही एक पैर पर खड़े रहने वाले सैकड़ों अनुयायी मिल जाएँगे। शायद आप इसे हास्यास्पद समझते हों, किंतु आप यह स्मरण रखें कि इनके पीछे उनके जीवन का यह मूलमंत्र, उनका यह दर्शन विद्यमान है कि धर्म केवल विचार एवं मनन की वस्तु नहीं, जीवन में उसकी उपलब्धि एवं परिणति

अपने जीवन को अपने धर्म पर आधारित करने में उसने भी अपनी व्यवहार-कुशलता दिखाई है। यदि वह आज किसी दर्शन का प्रचार करता है, तो देखा जाएगा कि कल ही सैकड़ों नर-नारी अपने जीवन में उसकी उपलब्धि करने का जी-तोड़ प्रयत्न कर रहे हैं।

की जानी चाहिए। पाश्चात्य देशों में मुक्ति के जो विविध उपाय निर्दिष्ट किए जाते हैं, वे केवल बौद्धिक कलाबाजियाँ मात्र हैं और कभी भी उन्हें कार्यरूप में परिणत करने का प्रयत्न नहीं किया जाता। पश्चिम में जो प्रचारक अच्छा वक्ता है, वही श्रेष्ठ धर्मोपदेष्टा मान लिया जाता है।

अतएव हम देखते हैं कि प्रथमतः नाजरथ-निवासी ईसा पूर्व की सच्ची संतान थे—धर्म के क्षेत्र में अत्यंत व्यावहारिक थे। उन्हें इस नश्वर जगत् एवं उसके क्षणभंगुर ऐश्वर्य में विश्वास नहीं था। शास्त्रवाक्यों को तोड़-मरोड़कर व्याख्या करने की, जोकि आजकल पाश्चात्य देशों में प्रथा सी हो गई है, कोई आवश्यकता नहीं। शास्त्र वाक्य कोई रबर से लचीले नहीं हैं कि उन्हें जिधर चाहो उधर खींच लो और मरोड़ लो। और फिर खींचने-मरोड़ने की भी तो सीमा है! शास्त्रों का जो अर्थ नहीं है, वह किसी की खींचा-तानी करने पर भी कैसे निकलेगा? धर्म को वर्तमानकालीन इंद्रिय-सर्वस्वता का समर्थक बनाना बंद कर देना चाहिए। कम-से-कम हमें अपने प्रति तो सच्चे एवं अकपटी बनने का प्रयत्न करना चाहिए। यदि हम आदर्श का अनुमान नहीं कर सकते, तो अपनी दुर्बलता स्वीकार कर लें, पर उसे हीन न बनाएँ, उसे अपने उच्च धरातल से न गिराएँ।

कम-से-कम हमें अपने प्रति तो सच्चे एवं अकपटी बनने का प्रयत्न करना चाहिए। यदि हम आदर्श का अनुमान नहीं कर सकते, तो अपनी दुर्बलता स्वीकार कर लें, पर उसे हीन न बनाएँ, उसे अपने उच्च धरातल से न गिराएँ।

पश्चिम के लोग ईसा के चरित्र पर जो नित्य नए-नए और विभिन्न विवेचन प्रकाशित कर रहे हैं, उनसे हृदय अवसन्न हो जाता है। इन वर्णनों से इस बात का लेशमात्र भी ज्ञान नहीं होता कि ईसा क्या थे और क्या नहीं। एक उन्हें महान् राजनीतिज्ञ बताता है, तो दूसरा कहता है, ईसा एक बड़े युद्धविशारद सेनापति थे और तीसरा कहता है, वे एक देशभक्त यहूदी थे। इन सब धारणाओं के लिए क्या इन पुस्तकों में कोई आधार है? एक श्रेष्ठ धर्माचार्य के जीवन और उपदेशों पर सर्वश्रेष्ठ भाष्य उसका निज का जीवन ही है। स्वयं

ईसा ने अपने विषय में कहा है, "लोमड़ियों और श्रृगालों के एक-एक माँद होती है, नभचारी खगकुल अपने नीड़ में निवास करते हैं, पर मानवपुत्र (ईसा) के पास अपना सिर टेकने तक के लिए कोई स्थान नहीं है।" ईसा स्वयं त्यागी और वैराग्यवान थे, इसलिए इनकी शिक्षा भी यही है कि वैराग्य और त्याग ही मुक्ति का एकमेव मार्ग है। इसके अतिरिक्त मुक्ति का और कोई पथ नहीं है। यदि हममें इस मार्ग पर अग्रसर होने की क्षमता नहीं है, तो हमें मुख में तृण धारण कर विनीत भाव से अपनी यह दुर्बलता स्वीकार कर लेनी चाहिए कि हममें अब भी 'मैं' और 'मेरे' के प्रति ममत्व है, हममें धन और ऐश्वर्य के प्रति आसक्ति है।

हमें धिक्कार है कि हम यह सब स्वीकार न कर मानवजाति के उन महान् आचार्य का अन्य रूप से वर्णन कर उन्हें निम्न स्तर पर खींच लाने की चेष्टा करते हैं। उन्हें पारिवारिक बंधन नहीं जकड़ सके। क्या आप सोचते हैं कि ईसा के मन में कोई सांसारिक भाव था?

हमें धिक्कार है कि हम यह सब स्वीकार न कर मानवजाति के उन महान् आचार्य का अन्य रूप से वर्णन कर उन्हें निम्न स्तर पर खींच लाने की चेष्टा करते हैं। उन्हें पारिवारिक बंधन नहीं जकड़ सके। क्या आप सोचते हैं कि ईसा के मन में कोई सांसारिक भाव था? क्या आप सोचते हैं कि यह ज्ञानज्योति-स्वरूप अमानवी मानव, यह प्रत्यक्ष ईश्वर पृथ्वी पर पशुओं का समधर्मी बनने के लिए अवतीर्ण हुआ? किंतु फिर भी लोग उनके उपदेशों का अपनी इच्छानुसार अर्थ लगाकर प्रचार करते हैं। उन्हें देहज्ञान नहीं था, उनमें स्त्री-पुरुष भेदबुद्धि नहीं थी—वे अपने को लिंगोपाधि रहित आत्मास्वरूप जानते थे। वे जानते थे कि वे शुद्ध आत्मस्वरूप हैं—देह में अवस्थित हो मानवजाति के कल्याण के लिए देह का परिचालन मात्र कर रहे हैं। देह के साथ उनका केवल इतना ही संपर्क था। आत्मा लिंगविहीन है। विद्रोह आत्मा का देह एवं पार्श्वभाव से कोई संबंध नहीं होता। अवश्यमेव त्याग और वैराग्य का यह आदर्श साधारणजन की पहुँच के बाहर है। कोई

हर्ज नहीं, हमें अपना आदर्श विस्मृत नहीं कर देना चाहिए—उसकी प्राप्ति के लिए सतत यत्नशील रहना चाहिए। हमें यह स्वीकार कर लेना चाहिए कि त्याग हमारे जीवन का आदर्श है, किंतु अभी तक हम उस तक पहुँचने में असमर्थ हैं।

'मैं शुद्ध-बुद्ध-मुक्त आत्मा हूँ,' इस तत्त्व की उपलब्धि के अतिरिक्त ईसा के जीवन में अन्य कोई कार्य न था और कोई चिंता न थी। वे वास्तव में विदेह, शुद्ध-बुद्ध-मुक्त आत्मास्वरूप थे। यही नहीं, उन्होंने अपनी अद्‌भुत दिव्य दृष्टि से जान लिया था कि सभी नर-नारी, चाहे वे यहूदी हों या किसी अन्य इतर जाति के हों, दरिद्र हों या धनवान, साधु हों या पापात्मा, उनके ही समान अविनाशी आत्मास्वरूप हैं। इसलिए उनके जीवन में हम एकमात्र यही कार्य देखते हैं कि वे सारी मानवजाति को अपने शुद्ध-बुद्ध-चैतन्यस्वरूप की उपलब्धि करने के लिए आह्वान कर रहे हैं। उन्होंने कहा, "यह कुसंस्कारमय मिथ्या भावना छोड़ दो कि हम दीन-हीन हैं। यह न सोचो कि तुम पर गुलामों के समान अत्याचार किया जा रहा है, तुम पैरों तले रौंदे जा रहे हो, क्योंकि तुममें एक ऐसा तत्त्व विद्यमान है, जिसे पददलित एवं पीड़ित नहीं किया जा सकता, जिसका विनाश नहीं हो सकता।" तुम सब ईश्वर के पुत्र हो, अमर और अनादि हो। अपनी महान् वाणी से ईसा ने जगत् में घोषणा की—"दुनिया के लोगो, इस बात को भलीभाँति जान लो कि स्वर्ग का राज्य तुम्हारे अभ्यंतर में अवस्थित है।" "मैं और मेरे पिता अभिन्न हैं।" साहस कर खड़े हो जाओ और घोषणा करो कि मैं केवल ईश्वर-तनय ही नहीं हूँ, पर अपने हृदय में मुझे यह भी प्रतीति हो रही है कि मैं और मेरे पिता एक और अभिन्न हैं। नाजर्यवासी ईसा मसीह ने यही कहा। उन्होंने इस संसार

साहस कर खड़े हो जाओ और घोषणा करो कि मैं केवल ईश्वर-तनय ही नहीं हूँ, पर अपने हृदय में मुझे यह भी प्रतीति हो रही है कि मैं और मेरे पिता एक और अभिन्न हैं। नाजर्यवासी ईसा मसीह ने यही कहा। उन्होंने इस संसार और इस देह के संबंध में कभी कुछ नहीं कहा।

और इस देह के संबंध में कभी कुछ नहीं कहा। जगत् के साथ उनका कुछ भी संबंध न था—उनके साथ संपर्क केवल इतना ही था कि वे उसे प्रगति-पथ पर कुछ आगे की और बढ़ा देंगे और धीरे-धीरे तब तक अग्रसर करते रहेंगे, जब तक कि जगत् उस परम ज्योतिर्मय परमेश्वर के निकट नहीं पहुँच जाता, जब तक कि प्रत्येक मानव अपने प्रकृत स्वरूप की उपलब्धि नहीं कर लेता, जब तक कि दु:ख, कष्ट एवं मृत्यु जगत् से संपूर्ण रूप से निर्वासित नहीं हो जाते।

ईसा के जीवन पर लिखी गई विभिन्न परस्पर विरोधी आख्यायिकाएँ हमने पढ़ी हैं। उनकी जीवनी के समालोचक विद्वज्जन, उनकी ग्रंथावलियों तथा 'उच्चतर भाष्यादि' इतिहास एवं साहित्य की दृष्टि से बाइबिल के विभिन्न अंशों की रचना, रचनाकाल तथा उनकी प्रामाणिकता के संबंध में विचार-परिप्लुत साहित्य-राशि का नाम। अर्थात् बाइबिल के वाक्य एवं शब्दराशि संबंधी चर्चा से इसके पृथक् एवं उच्चतर होने के कारण इसे 'उच्चतर भाष्य' कहा गया है, से भी हमारा परिचय है। इन सब आलोचनाओं द्वारा क्या संपादित किया गया है, इससे भी हम अज्ञ नहीं हैं। हमें यहाँ इस विवाद में नहीं पड़ना है कि बाइबिल के न्यू टेस्टामेंट का कितना अंश सत्य है अथवा उसमें वर्णित ईसा मसीह का जीवनचरित्र कहाँ तक ऐतिहासिक सत्य पर आधारित है? ईसा की पाँचवीं शताब्दी तक न्यू टेस्टामेंट लिखा जा चुका था या नहीं, अथवा ईसा के जीवन-चरित्र में कितना सत्यांश है, इससे भी हमें कोई प्रयोजन नहीं, किंतु इन सब लेखों का आधार एक ऐसी वस्तु है, जो अवश्य सत्य है, अनुकरणीय है। मिथ्या प्रलाप करने के लिए भी हमें किसी सत्य की नकल करनी पड़ती है, और सत्य सदैव वास्तविक ही होता है। जिसका कभी कोई अस्तित्व ही नहीं था, उसका अनुकरण भी कैसा? जिसे किसी ने कभी देखा नहीं, उसकी नकल कैसे हो सकती है? इसलिए यह अनुमान करना स्वाभाविक है कि बाइबिल की कथाएँ कितनी ही अतिरंजित, अतिशयोक्तिपूर्ण क्यों न हों, उस कल्पना का अवश्य कोई आधार था—निश्चित ही उस युग में, जगत् में किसी महाशक्ति का आविर्भाव

हुआ था, किसी महान् आध्यात्मिक शक्ति का अपूर्व विकास हुआ था और उसी की आज हम चर्चा कर रहे हैं। उस महाशक्ति के अस्तित्व में जब हमें कोई संदेह नहीं है, तब हमें पंडित वर्ग द्वारा की गई आलोचनाओं का क्या भय? यदि एक प्राच्यदेशीय के रूप में मैं नाजरथ निवासी ईसा की उपासना करूँ, तो मेरे लिए ऐसा करने की केवल एक ही विधि है और वह है, उनकी ईश्वर के समान आराधना करना। उनकी अर्चना की और कोई विधि मैं नहीं जानता। क्या आप कहते हैं कि हमें इस प्रकार उनकी उपासना करने का अधिकार नहीं है? यदि हम ईसा को अपने ही हीन धरातल पर आसीन कर, उन्हें केवल एक महान् व्यक्ति मान उनके प्रति कुछ सम्मान प्रदर्शित करने में ही अपने कर्तव्य की इतिश्री मान लेते हैं, तो फिर उपासना का प्रयोजन ही क्या रह गया?

हमारे शास्त्र कहते हैं—"ये अनंतज्योति के पुत्र, जिनमें ब्रह्म की ज्योति प्रकाशित है, जो स्वयं ब्रह्मज्योति-स्वरूप हैं—आराधित किए जाने पर हमारे साथ तादात्म्यभाव प्राप्त कर लेते हैं और हम भी उनके साथ एकत्व स्थापित कर लेते हैं।" हम देखते हैं कि मनुष्य तीन प्रकार के ईश्वरोपलब्धि कर सकते हैं। प्रथमावस्था में अविकसित मनुष्य की अपरिपक्व बुद्धि कल्पना करती है कि ईश्वर आकाश में बहुत ऊँचे किसी स्वर्ग नामक स्थान में सिंहासनासीन हो, न्यायाधीश की भाँति पाप-पुण्य का निर्णय करते हैं। लोग उनका 'महद्भयं वज्रगुद्यतं' के रूप में दर्शन करते हैं। ईश्वर की एवंविध भावना में भी कोई बुराई नहीं है। आपको यह स्मरण रखना चाहिए कि मानवजाति की गति सदैव एक सत्य से दूसरे सत्य की ओर रही है; असत्य से भ्रम से सत्य एवं यथार्थ की ओर नहीं; या यदि आप इसी भाव को अन्य शब्दों में व्यक्त करना

हम देखते हैं कि मनुष्य तीन प्रकार के ईश्वरोपलब्धि कर सकते हैं। प्रथमावस्था में अविकसित मनुष्य की अपरिपक्व बुद्धि कल्पना करती है कि ईश्वर आकाश में बहुत ऊँचे किसी स्वर्ग नामक स्थान में सिंहासनासीन हो, न्यायाधीश की भाँति पाप-पुण्य का निर्णय करते हैं।

पसंद करें, तो मानवजाति निम्नतर सत्य से उच्चतर सत्य की ओर प्रयाण करती है, असत्य से सत्य की ओर नहीं। कल्पना कीजिए कि आप एक सरल रेखा में पृथ्वी से सूर्य की ओर जा रहे हैं। प्रथमतः आपको सूर्य एक लघु बिंब के समान दृष्टिगत होगा, किंतु कई लक्ष कोस प्रयाण करने पर सूर्य का आकार दीर्घ से दीर्घतर होता जाएगा।

ज्यों-ज्यों हम अग्रसर होते रहेंगे, त्यों-त्यों सूर्य अधिकाधिक दीर्घाकार दिखने लगेगा। अब यदि यात्रा की भिन्न-भिन्न अवस्थाओं से आप सूर्य के बीस हजार छायाचित्र लें, तो वे अवश्य ही एक-दूसरे से भिन्न होंगे, किंतु क्या आप यह नहीं कहेंगे कि वे एक ही वस्तु—एक ही सूर्य के छायाचित्र हैं? इसी प्रकार भिन्न-भिन्न धर्म, चाहे वे उच्चतर हों या निम्नतर, उस अनंत ज्योतिर्मय परमेश्वर की ओर मानव के प्रयाण की भिन्न-भिन्न अवस्थाएँ मात्र हैं। उनमें केवल यही भेद है कि किसी में ईश्वर की निम्नतर धारणा की गई है और किसी में उच्चतर। इसलिए संसार की अविकसित बुद्धियुक्त साधारण जातियों के धर्मों में सदैव ही एक ऐसे ईश्वर की कल्पना की गई है, जो भौतिक विश्व की परिधि के बाहर, स्वर्ग नामक स्थान में निवास करता है, वहीं से संसारचक्र की गतिविधि पर नियंत्रण करता है और पाप-पुण्य का न्याय कर मनुष्यों को दंड एवं पुरस्कार वितरित करता है। ज्यों-ज्यों मनुष्य आध्यात्मिक प्रगति करता गया, त्यों-त्यों उसे यह प्रतीत होने लगा कि ईश्वर सर्वव्यापी है, सारे अग-जग, सर्व चराचर में वह प्रकाशित हो रहा है, उसमें स्वयं में भी उसी ईश्वर का निवास है। उसे अनुभव होने लगा कि ईश्वर सब आत्माओं की अंतरात्मा है और उससे

ज्यों-ज्यों मनुष्य आध्यात्मिक प्रगति करता गया, त्यों-त्यों उसे यह प्रतीत होने लगा कि ईश्वर सर्वव्यापी है, सारे अग-जग, सर्व चराचर में वह प्रकाशित हो रहा है, उसमें स्वयं में भी उसी ईश्वर का निवास है। उसे अनुभव होने लगा कि ईश्वर सब आत्माओं की अंतरात्मा है और उससे दूर अवस्थित नहीं है।

दूर अवस्थित नहीं है। जिस प्रकार मेरी आत्मा मेरे शरीर का परिचालन करती है, वैसे ही ईश्वर मेरी आत्मा का संचालन करता है, मेरी आत्मा में विद्यमान अंतरात्मा है।

कतिपय व्यक्तियों ने अपनी चिंतनशक्ति द्वारा, अपनी साधना की सहायता से इतनी चित्तशुद्धि प्राप्त कर ली, इतनी प्रगति कर ली कि वे पूर्वोक्त धारणा का अतिक्रमण कर, स्वयं ईश्वर की उपलब्धि करने मे सफल हो गए। जैसा कि न्यू टेस्टामेंट में कहा गया है, "ये शुद्धहृदय व्यक्ति धन्य हैं, क्योंकि उन्हें परमेश्वर के दर्शन हो सकेंगे।" और उन्हें अंत में इस तत्त्व की उपलब्धि हो सकी कि वे और उनके पिता एक हैं। आप देखेंगे कि न्यू टेस्टामेंट में मानवजाति के उस महान् आचार्य ने भी ईश्वरप्राप्ति की इस सोपान-त्रयी की ही शिक्षा दी है। उन्होंने जिस सार्वजनिक प्रार्थना की शिक्षा दी है, उसकी और लक्ष्य कीजिए—"हे मेरे स्वर्गनिवासी पिता! तेरे नाम का जय-जयकार हो।" इत्यादि यह सरल भावनायुक्त प्रार्थना एक शिशु की प्रार्थना जैसी है। देखिए, यह साधारण सार्वजनिक प्रार्थना है, क्योंकि ये अशिक्षित जनसाधारण के लिए है। अपेक्षाकृत उच्चतर व्यक्तियों के लिए, जो साधनामार्ग में किंचित् अधिक अग्रसर हो गए थे, ईसा ने अपेक्षाकृत उच्च साधना का उपदेश दिया है—"मैं अपने पिता में वर्तमान हूँ, तुम मुझमें वर्तमान हो और मैं तुममें वर्तमान हूँ।" क्या तुम्हें याद है यह ? और फिर जब यहूदियों ने ईसा से पूछा था, "तुम कौन हो ?" तो ईसा ने अपनी महान् वाणी में घोषणा की—"मैं और मेरे पिता एक हैं।" यहूदियों ने सोचा, यह धर्म की घोर निंदा है, भगवान् का घोर अपमान है, पर ईसा के कथन का अर्थ क्या था ? यह भी तुम्हारे पैगंबरगण स्पष्ट कर गए हैं—"तुम सब देव या ईश्वर हो—तुम सब उस परात्पर पुरुष की संतान हो।" देखिए, बाइबिल में भी इस त्रिविध सोपान का उपदेश है। आप यह भी देखेंगे कि प्रथमावस्था से आरंभ करके धीरे-धीरे अंतिम अवस्था में आरोहण करना अपेक्षाकृत अधिक सरल और स्वाभाविक है।

ईश्वर के अग्रदूत, दैवी संदेशवाहक ईसा सत्योपलब्धि का मार्ग प्रदर्शित

करने अवतीर्ण हुए थे। वे हमें बताने आए थे कि नानाविध धार्मिक क्रियाकलाप, अनुष्ठानादि से आत्मतत्त्व प्राप्त नहीं किया जा सकता, गूढ़ दार्शनिक तर्क-वितर्कों से आत्मतत्त्व की उपलब्धि नहीं होती। अच्छा होता यदि तुम कोई पुस्तक न पढ़ते, अच्छा होता यदि तुम विद्याहीन होते। मुक्ति के लिए इन उपकरणों की आवश्यकता नहीं है। उसके लिए धन, ऐश्वर्य और उच्च पद की जरूरत नहीं, यहाँ तक कि पांडित्य की भी आवश्यकता नहीं। इसके लिए केवल एक वस्तु की आवश्यकता है और वह है—शुद्धता। "शुद्ध हृदय पुरुष धन्य है", क्योंकि आत्मा स्वयं शुद्ध है, वह अन्यथा अर्थात् अशुद्ध हो भी कैसे सकती है? ईश्वर से ही उसका आविर्भाव हुआ है, वह ईश्वर-प्रसूत है। बाइबिल के शब्दों में वह "ईश्वर का निःश्वास है।" कुरान की भाषा में "वह ईश्वर की आत्मास्वरूप है।" क्या आप कहना चाहते हैं कि ईश्वरात्मा कभी अशुद्ध हो सकती है? किंतु दुर्भाग्य से हमारे शुभाशुभ कार्यों के कारण वह मानो सदियों के मैल, सैकड़ों वर्षों की अशुद्धि और धूलि से आवृत्त है; हमारे नानाविध दुष्कर्म, नानाविध अन्याय कार्य शत-शत वर्षों से अज्ञानरूपी धूलि और मलिनता द्वारा उसके प्रकाश को मंद कर रहे हैं। केवल इस धूलि और मैल की तह को उस पर से पोंछने की देर है कि आत्मा पुनः अपनी उज्ज्वल व दिव्य प्रभा से प्रकाशित हो जाएगी। "शुद्ध हृदय व्यक्ति धन्य हैं, क्योंकि वे ईशदर्शन करेंगे।" "महान् स्वर्गराज्य तुम्हारे ही अंतर में विराजमान है।" इसीलिए नाजरथ का यह महान् पैगंबर पूछता है, "जब स्वर्ग तुम्हारे अंतर में विराजमान है, तो उसे ढूँढ़ने अन्यत्र कहाँ जा रहे हो? अवश्य तुम्हें अपनी ही आत्मा में वह विशाल स्वर्गराज्य दृष्टिगत होगा। वह तो पहले से ही तुम्हारी संपत्ति है। यदि उस पर तुम्हारा स्वत्व नहीं है, तो तुम कैसे उसे पा सकते हो? तुम उसके आजन्म अधिकारी हो। तुम अमरता के अधिकारी हो, तुम उस नित्य, सनातन पिता की संतान हो, स्वर्गराज्य पर तुम्हारा जन्मसिद्ध अधिकार है।"

यह है उस महान् संदेशवाहक की महान् शिक्षा। उसकी दूसरी शिक्षा है, त्याग, जो प्रायः सभी धर्मों का आधार है। आत्मशुद्धि कैसे प्राप्त की जा

सकती है? त्याग द्वारा। एक धनी युवक ने एक बार ईसा से पूछा, "प्रभो, अनंत जीवन की प्राप्ति के लिए मैं क्या करूँ?" ईसा बोले, "तुममें एक बड़ा अभाव है। यहाँ से घर जाकर अपनी सारी संपत्ति बेच दो। जो धन प्राप्त हो, उसे गरीबों को दान कर दो। तुम्हें स्वर्ग में अक्षय धन-संपदा प्राप्त होगी। उसके बाद 'क्रॉस' धारण कर मेरा अनुगमन करो।" धनी युवक यह सुनकर अत्यंत उदास हो गया और दुःखी होकर चला गया, क्योंकि अपनी अपार संपत्ति का मोह वह नहीं त्याग सकता था। हम सब न्यूनाधिक अंशों में उसी युवक के समान हैं। रात-दिन हमारे कानों में यही महावाणी ध्वनित होती रहती है। हमारे आनंद के क्षणों में सांसारिक विषयोपभोग में हम सोचते हैं कि हम जीवन के सब उच्चतर आदर्श भूल गए हैं, पर इस अनवरत व्यापार में जब कभी क्षण भर का विराम आता है, तो हमारे कानों में वही महाध्वनि गूँजने लगती है, "अपना सर्वस्व त्याग कर मेरा अनुसरण करो।" "जो अपनी जीवनरक्षा का प्रयत्न करेगा, वह उसे खो देगा और जो मेरे लिए अपना जीवन खोएगा, वह उसे पा लेगा।" जो भी अपना जीवन उन्हें समर्पित कर देगा, वही अमृतत्व लाभ करेगा, उसे ही अमरता वरण करेगी। हमारी दुर्बलताओं के बीच, जीवन के अजस्र प्रवाह में कहीं से एक क्षण का विराम आ उपस्थित हो जाता है और पुनः उस महावाणी की घोषणा हमारे कानों में शुरू हो जाती है। "अपना सर्वस्व त्याग कर दो, उसे गरीबों में बाँट दो और मेरा अनुगमन करो।"

धनी युवक यह सुनकर अत्यंत उदास हो गया और दुःखी होकर चला गया, क्योंकि अपनी अपार संपत्ति का मोह वह नहीं त्याग सकता था। हम सब न्यूनाधिक अंशों में उसी युवक के समान हैं। रात-दिन हमारे कानों में यही महावाणी ध्वनित होती रहती है।

स्वार्थशून्यता, निःस्पृहता, त्याग—यही एक आदर्श है, जिसकी ईसा मसीह ने शिक्षा दी है, जिसका दुनिया के सभी पैगंबरों ने प्रचार किया है। इस त्याग का क्या तात्पर्य है? त्याग का मर्म केवल यही है कि निःस्पृहता, निस्स्वार्थपरता

ही नैतिकता का एकमेव आदर्श है अहंशून्य बनो। पूर्ण निस्स्वार्थपरता पूर्ण अहंशून्यता ही हमारा एकमात्र आदर्श है और इसका दृष्टांत है ईसा का यह वाक्य—"यदि किसी ने तुम्हारे एक गाल पर थप्पड़ मार दिया है, तो दूसरा गाल भी उसकी ओर कर दो। यदि किसी ने तुम्हारा कोट छीन लिया है, तो तुम उसे अपना चोगा भी दे दो।"

आदर्श को अपने उच्च धरातल से नीचा न करते हुए हमें उसे प्राप्त करने का यथाशक्ति प्रयत्न करना चाहिए और यह आदर्श अवस्था वह है, जिसमें मनुष्य का अहंभाव पूर्णतया नष्ट हो जाता है, उसका स्वत्व भाव लुप्त हो जाता है, जब उसके लिए ऐसी कोई वस्तु नहीं रह जाती, जिसे वह 'मैं' और 'मेरी' कह सके, जब यह संपूर्णतया आत्मविसर्जन कर देता है, मानो अपनी आहुति दे देता है। इस प्रकार अवस्थापन्न व्यक्ति के अंतर में स्वयं ईश्वर निवास करते हैं, क्योंकि ऐसे व्यक्ति की अहं-वासना पूर्ण रूप से नष्ट हो गई है, एकदम निर्मूल हो गई है। यह है आदर्श व्यक्ति और यद्यपि इस आदर्शावस्था को हम प्राप्त नहीं हुए हैं, तथापि हमें इस आदर्श की पूजा करते हुए, स्खलित पदों से ही क्यों न हो, उस ओर शनैः-शनैः अग्रसर होते रहना चाहिए। आज, कल या सहस्त्रों वर्ष के बाद हमें उस आदर्श को प्राप्त करना ही होगा, क्योंकि यह आदर्शावस्था हमारी साधना का केवल अंत ही नहीं, हमारी साधना का मार्ग भी है; निस्स्वार्थपरता, पूर्ण अहंशून्यता साक्षात् मुक्ति है, क्योंकि अहंशून्य होने पर भीतर का व्यक्ति मर जाता है और अवशिष्ट रह जाता है केवल ईश्वर।

आज, कल या सहस्त्रों वर्ष के बाद हमें उस आदर्श को प्राप्त करना ही होगा, क्योंकि यह आदर्शावस्था हमारी साधना का केवल अंत ही नहीं, हमारी साधना का मार्ग भी है; निस्स्वार्थपरता, पूर्ण अहंशून्यता साक्षात् मुक्ति है, क्योंकि अहंशून्य होने पर भीतर का व्यक्ति मर जाता है और अवशिष्ट रह जाता है केवल ईश्वर।

एक बात और है। मानवजाति के सभी महान् उपदेशों में स्वार्थशून्यता का अहम स्थान है। कल्पना कीजिए कि नाजरथ के ईसा उपदेश दे रहे हैं

और इसी बीच कोई व्यक्ति उठकर पूछने लगता है, "आपका उपदेश बहुत सुंदर है। मेरा विश्वास है कि पूर्णत्व प्राप्ति का यही एक मार्ग है और मैं उसका अनुसरण करने को भरसक प्रस्तुत हूँ, किंतु मैं ईश्वर के एकमात्र उत्पन्न पुत्र के रूप में आपकी उपासना नहीं कर सकता।" ईसा मसीह के पास इसका क्या उत्तर होगा? सोचिए। अवश्य ईसा उस व्यक्ति से कहते, "अच्छा भाई, आदर्श का अनुसरण करो और अपने भाव के अनुसार उस ओर प्रगति करो। तुम मुझे मेरे उपदेशों के लिए कोई श्रेय दो या न दो, मुझे इसकी चिंता नहीं है। मैं कोई दुकानदार नहीं हूँ, बनिया नहीं हूँ। मैं धर्म का व्यवसाय नहीं करता। मैं केवल सत्य की शिक्षा देता हूँ और सत्य किसी की बपौती, किसी की जायदाद नहीं है। सत्य पर किसी का एकाधिपत्य नहीं है। सत्य स्वयं ईश्वर है। तुम अपने मार्ग पर अग्रसर होते जाओ।" पर आज ईसा के अनुयायी उसी प्रश्न का यह जवाब देते हैं, "तुम इन उपदेशों पर, इन उसूलों पर अमल करो या न करो, उससे हमें कोई मतलब नहीं, पर तुम उपदेशक का सम्मान तो करते हो न? यदि तुम उपदेशक का सम्मान करते हो तो अवश्य ही तुम्हारा उद्धार हो जाएगा। यदि नहीं, तो तुम्हारी मुक्ति की कोई आशा नहीं।" इस प्रकार उन महापुरुष की सारी शिक्षाओं को विकृत रूप दे दिया गया है।

सारे विवाद, सारे झगड़े केवल उपदेशक के व्यक्तित्व को लेकर खड़े होते हैं। वे नहीं जानते कि उपदेशक और उपदेश में इस प्रकार का भेद आरोपित कर वे उसी व्यक्ति को लांछित और अपमानित कर रहे हैं, जो उनका आदरणीय एवं पूज्य है, जो स्वयं इस प्रकार के विचार सुनकर लज्जा से संकुचित हो जाता। संसार में कोई उन्हें स्मरण करते हैं या नहीं, इसकी उन महापुरुष को क्या परवाह थी? उन्हें तो विश्व को एक संदेश देना था और वह उन्होंने दे दिया। इसके बाद यदि उन्हें बीस सहस्र जीवन भी प्राप्त होते, तो उन्हें वे दुनिया के गरीब-से-गरीब आदमी के लिए भी निछावर कर देते। यदि लक्ष-लक्ष घृणित 'समारिया' वासियों के उद्धार के लिए उन्हें करोड़ों बार करोड़ों यातनाएँ भी सहनी पड़तीं। यदि उनमें से एक-एक की मुक्ति के लिए

उन्हें अपने जीवन की भी आहुति देनी पड़ती, तो वे सहर्ष यह सब अंगीकार कर लेते और यह सब करते हुए उन्हें यह इच्छा छू भी न पाती कि दुनिया में किसी को उनका नाम मालूम हो। स्वयं ईश्वर जिस प्रकार कार्य करते हैं, वे भी उसी प्रकार शांत, स्थिर, नीरव और अज्ञात रूप से अपना कार्य करते, लेकिन इनके अनुयायी क्या करते हैं? वे कहते हैं, "तुम पूर्ण निस्स्वार्थ और दोषरहित ही क्यों न हो, जब तक तुम हमारे पैगंबर हमारे धर्माचार्य की पूजा और उनका सम्मान नहीं करोगे, तुम्हारा उद्धार नहीं होगा।" पर यह क्यों? इस कुसंस्कार, इस अज्ञान का कारण क्या है? इसकी उत्पत्ति कहाँ से हुई? इसका एकमात्र कारण यही हो सकता है कि ईसा के शिष्यगण सोचते हैं—ईश्वर केवल एक ही बार अवतीर्ण हों सकता है, किंतु यही विचार सब कुसंस्कारों, सब भ्रमों की जड़ है। ईश्वर मानव रूप में तुम्हारे सामने प्रकट हुआ है, किंतु प्राकृतिक जगत् में जो घटनाएँ होती हैं, वे अवश्यमेव भूतकाल में भी हुई हैं और भविष्य में भी होंगी। प्रकृति में ऐसी कोई घटना नहीं है, जो नियमाधीन न हो। उसके नियमबद्ध होने का अर्थ केवल यही है कि जो घटना एक बार हुई है, वह चिरकाल से ही घटती आ रही है और भविष्य में भी घटती रहेगी।

ईश्वर केवल एक ही बार अवतीर्ण हो सकता है, किंतु यही विचार सब कुसंस्कारों, सब भ्रमों की जड़ है। ईश्वर मानव रूप में तुम्हारे सामने प्रकट हुआ है, किंतु प्राकृतिक जगत् में जो घटनाएँ होती हैं, वे अवश्यमेव भूतकाल में भी हुई हैं और भविष्य में भी होंगी।

भारतवर्ष में ईश्वरावतार के संबंध में यही सिद्धांत प्रचलित है। भारतीयों के अन्यतम अवतार श्रीकृष्ण ने जिनकी 'भगवद्गीता' स्वरूप अपूर्व उपदेशमाला आपमें से अनेक ने पढ़ी होगी, कहा है—

अजोऽपिसत्रव्ययात्मा भूतानामीश्वरोऽपिसन्।
प्रकृतिं स्वामधिष्ठाय संभवाम्यात्ममायया॥
यदा यदा हि धर्मस्य ग्लानिर्भवति भारत।
अभ्युत्थानमधर्मस्य तदातमानं सृजाम्यहम्॥

परित्राणाय साधूनां विनाशाय च दुष्कृताम्।
धर्मसंस्थापनार्थाय संभवामि युगे युगे॥

अर्थात् "यद्यपि मैं जन्मरहित, अक्षयस्वभाव एवं इस भूतसमूह का ईश्वर हूँ, तथापि मैं अपनी प्रकृति का अधिष्ठान कर, अपनी माया से जन्म ग्रहण करता हूँ। हे अर्जुन! जब-जब धर्म की अवनति और अधर्म का उत्थान होता है, तब-तब मैं शरीर धारण करता हूँ। साधुजन के परित्राणार्थ, दुष्कार्यरत व्यक्तियों के विनाशार्थ तथा धर्म की संस्थापना के लिए मैं प्रत्येक युग में जन्म ग्रहण करता हूँ।" जब संसार की अवनति होने लगती है, तो भगवान् उसकी सहायता करने को अवतार लेते हैं, इस प्रकार वे विभिन्न स्थानों एवं विभिन्न युगों में आविर्भूत होते रहते हैं। दूसरे एक स्थान में भगवान् श्रीकृष्ण ने कहा है—

यद्यद्विभूतिमत्सत्त्वं श्रीमदूर्जितमेव वा।
तत्तदेवावगच्छ त्वं मम तेजोऽशसंभवम्॥

"जहाँ कहीं किसी असाधारण शक्तिसंपन्न एवं पवित्र आत्मा को मानवजाति के उत्थान के लिए यत्नशील देखो, तो यह जान लो कि वह मेरे ही तेज से उत्पन्न हुआ है, मैं उसके माध्यम से कार्य कर रहा हूँ।"

इसलिए हमें केवल नाजरथवासी ईसा में ही ईश्वर का दर्शन न कर विश्व के उन सभी महान् आचार्यों और पैगंबरों में भी उसका दर्शन करना चाहिए, जो ईसा के पहले जन्म ले चुके थे, जो ईसा के पश्चात् आविर्भूत हुए हैं और जो भविष्य में अवतार ग्रहण करेंगे। हमारा सम्मान और हमारी पूजा सीमाबद्ध न हो। ये सब महापुरुष उसी एक अनंत ईश्वर की विभिन्न अभिव्यक्तियाँ हैं। वे सब शुद्ध और स्वार्थगंधशून्य हैं, सभी ने उस दुर्बल मानवजाति के उद्धार के लिए प्राणपण से प्रयत्न किया है, इसी के लिए अपना जीवन निछावर कर दिया है। वे हमारे और हमारे आने वाली संतान के सब पापों को ग्रहण कर उनका प्रायश्चित्त कर गए हैं।

एक दृष्टि से हम सभी अवतार हैं, हम सब अपने कंधों पर संसार का भार वहन कर रहे हैं। क्या तुमने कोई ऐसा व्यक्ति देखा है, ऐसी कोई स्त्री

देखी है, जो धैर्यपूर्वक शांति से अपने लघु संसार, अपने जीवन का लघु भार न वहन कर रही हो? ये महान् अवतार हमारी तुलना में अवश्य ही बहुत बड़े थे और इसलिए वे अपने कंधों पर इस विशाल जगत् का भार उठाने में भी सफल हो सके। अवश्य उनसे तुलना करने पर हम अतिक्षुद्र और बौने प्रतीत होते हैं, किंतु हम भी वही कार्य कर रहे हैं—हम भी अपने छोटे-छोटे घरों में, अपने छोटे संसार में अपनी छोटी-छोटी सुख-दुःख की गठरियाँ सिर पर रख अग्रसर हो रहे हैं। कोई इतना कुपदार्थ नहीं है, कोई इतना हीन नहीं है, जो अपना भार स्वयं नहीं वहन करता। हमारी सब भ्रांतियों, सब दुष्कृतियों, हमारे सब हीन एवं गर्हित विचारों के लांछन एवं अपवाद की कालिमा के बावजूद हमारे चरित्र में एक उज्ज्वल अंश है। कहीं-न-कहीं एक ऐसा सुवर्णसूत्र है, जिसके द्वारा हम सदैव भगवान् से संयुक्त रहते हैं। कारण, यह निश्चित ही जानो कि जिस क्षण भगवान् के साथ हमारा यह संयोग नष्ट हो जाएगा, उसी क्षण हमारा विनाश हो जाएगा। चूँकि कभी किसी का संपूर्ण नाश होना असंभव है, हम कितने ही हीन, पतित एवं दुष्कर्मरत क्यों न हों, कहीं-न-कहीं हमारे हृदय में हमारे अंतर के अंतरतम प्रदेश में ज्योति की एक ऐसी किरण विराजमान है, जो भगवान् से चिरसंयुक्त है।

विभिन्न देशीय, विभिन्न जातीय और विभिन्न मतावलंबी, भूतकाल के उन सब महापुरुषों को हम प्रणाम करते हैं, जिनके उपदेश और चरित्र हमने उत्तराधिकार में पाए हैं। विभिन्न जातियों, देशों और धर्मों में जो देवतुल्य नर-नारीगण मानवजाति के कल्याण में रत हैं, उन सबको प्रणाम है। जीवंत ईश्वर-स्वरूप, जो महापुरुष भविष्य में हमारी संतान के लिए निःस्पृहता से कार्य करने के लिए अवतार धारण करेंगे, उन सबको प्रणाम है।

□

ईसा-अनुसरण

'ईसा-अनुसरण' समस्त ईसाई-जगत् की एक अत्यंत आदरणीय निधि है। यह ग्रंथ किसी रोमन कैथलिक संन्यासी द्वारा लिखा गया है—लिखित कहना तो भूल होगी—इस पुस्तक का प्रत्येक अक्षर ईसा-प्रेम में मस्त इन सर्वत्यागी महात्मा के हृदय के रक्तबिंदुओं से अंकित है। जिस महापुरुष की ज्वलंत सजीव वाणी ने आज चार सौ वर्ष तक करोड़ों नर-नारियों के हृदय को अद्‌भुत मोहिनीशक्ति के बल से आकृष्ट कर रखा है, कर रहा है तथा करेगा, जो महापुरुष आज प्रतिभा एवं साधना की शक्ति से सहस्रों सम्राट् द्वारा भी पूजित हुए हैं तथा जिनकी अलौकिक पवित्रता के सामने आपस में सदैव से लड़ने वाला असंख्य संप्रदायों में विभक्त ईसाई-समाज अपने बड़े पुराने वैषम्य को छोड़कर नतमस्तक हो रहा है—उन्होंने इस पुस्तक में अपना नाम तक नहीं दिया। और देंगे क्यों? जिन्होंने समस्त पार्थिव भोग-विलास को, इस जगत् के समस्त मान-प्रतिष्ठा को विष्ठा की भाँति त्याग दिया, वे क्या कभी क्षुद्र नाम के भिखारी हो सकते हैं? बाद के लोगों ने अनुमान करके 'टॉमस आ केंपिस' नामक एक कैथलिक संन्यासी को ग्रंथकार निर्धारित किया है; इसमें कितनी सत्यता है, यह तो ईश्वर ही जाने, पर इसमें संदेह नहीं कि वे जगत्पूज्य हैं।

इस समय हम ईसाई राजा की प्रजा हैं (जिस समय यह लेख लिखा गया)। राज-अनुग्रह ने अनेक प्रकार के स्वदेशी एवं विदेशी ईसाइयों को हमने देखा है। आज हम ऐसे मिशनरी महापुरुष देख रहे हैं, जो इस प्रकार

प्रचार तो करते हैं कि 'आज जो कुछ है खाओ। कल के लिए चिंता न करो,' किंतु वे स्वयं आगामी दस साल के हिसाब एवं संचय में व्यस्त हैं! हम यह भी देख रहे हैं कि जिन्हें सिर टेकने तक को स्थान न था, उनके शिष्य, उनके प्रचारक, दूल्हे की तरह विलासिता में सज-धजकर ईसा के ज्वलंत त्याग एवं निस्स्वार्थता के प्रचार में संलग्न हैं! किंतु प्रकृत ईसाई एक भी दिखलाई नहीं दे रहा है। इस अद्‌भुत विलासी, अत्यंत दांभिक, महा अत्याचारी यथा ठाट-बाट से रहने वाले प्रोटेस्टेंट ईसाई संप्रदाय को देखकर ईसाइयों के बारे में हमारी जो अत्यंत कुत्सित धारणा हो गई है, वह इस पुस्तक को पढ़ने से सम्यक् रूप से दूर हो जाएगी।

आज जो कुछ है खाओ। कल के लिए चिंता न करो,' किंतु वे स्वयं आगामी दस साल के हिसाब एवं संचय में व्यस्त हैं! हम यह भी देख रहे हैं कि जिन्हें सिर टेकने तक को स्थान न था, उनके शिष्य, उनके प्रचारक, दूल्हे की तरह विलासिता में सज-धजकर ईसा के ज्वलंत त्याग एवं निस्स्वार्थता के प्रचार में संलग्न हैं!

'सब सयानों का एक मत'—समस्त यथार्थ ज्ञानियों का एक प्रकार का ही मत होता है। पाठक इस पुस्तक को पढ़ने 'गीता' में भगवदुक्त "सर्वधर्मान् परित्यज्य मामेकं शरणं व्रज" इत्यादि उपदेशों की शत-शत प्रतिध्वनि देख सकेंगे। दीनता, आर्त एवं दास्यभक्ति की पराकाष्ठा इस ग्रंथ की प्रत्येक पंक्ति में अंकित है एवं इसका पाठ करते-करते तीव्र वैराग्य, अत्यदुत आत्मसमर्पण और निर्भरता के भाव से हृदय प्रसन्न हो जाता है। जो अंध कट्टरता के वशीभूत होकर, ईसाइयों का लेख समझकर इस पुस्तक को अश्रद्धा की दृष्टि से देखते हैं, उनके लिए हम वैशेषिक दर्शन के एक सूत्र का केवल उल्लेख करते हैं—

"आप्तापदेशवाक्यः शबदः।"

अर्थात् सिद्धपुरुषों के उपदेश प्रमाणस्वरूप हैं और इसी का नाम 'शब्दप्रमाण' है। इस स्थान पर टीकाकार ऋषि जैमिनी कहते हैं कि आर्य और म्लेच्छ, दोनों का ही आप्त पुरुष होना संभव है।

यदि 'यवनाचार्य' इत्यादि ग्रीक ज्योतिष पंडितों ने पुरातन काल में आर्यों के समीप इस प्रकार की प्रतिष्ठा लाभ की थी, तो फिर इस पर विश्वास नहीं होता कि इस भक्तशिरोमणि की यह पुस्तक इस देश में सम्मान प्राप्त न करेगी।

जो भी हो, इस पुस्तक का अनुवाद हम पाठकों के सामने क्रमशः उपस्थित करेंगे। आशा है कि जो बहुमूल्य समय पाठकगण हजारों सारहीन उपन्यास तथा नाटकों में नष्ट करते हैं, उसका कम-से-कम एक-शतांश तो वे इसके अध्ययन में अवश्य लगाएँगे।

जहाँ तक संभव हो सका है, अनुवाद को ज्यों-का-त्यों बनाए रखने की चेष्टा की गई है—कहाँ तक सफल हुआ हूँ, कह नहीं सकता।

प्रथम परिच्छेद : वैराग्य

'ईसा-अनुसरण' तथा संसार और समस्त सांसारिक असार वस्तुओं के प्रति वैराग्य।

प्रभु कह रहे हैं, "जो कोई मेरा अनुगमन करता है, वह अंधकार में पैर नहीं रखता।"

यदि हम सचमुच आलोक पाने के इच्छुक हैं एवं हृदय के सब प्रकार के अंधकार से मुक्त होने की आकांक्षा करते हैं, तो ईसा की ये बातें हमें याद दिला रही हैं कि उनके जीवन और चरित्र का अनुसरण हमें अवश्य ही करना चाहिए। अतएव ईसा के जीवन पर मनन करना हमारा प्रधान कर्तव्य है।

यदि हम सचमुच आलोक पाने के इच्छुक हैं एवं हृदय के सब प्रकार के अंधकार से मुक्त होने की आकांक्षा करते हैं, तो ईसा की ये बातें हमें याद दिला रही हैं कि उनके जीवन और चरित्र का अनुसरण हमें अवश्य ही करना चाहिए। अतएव ईसा के जीवन पर मनन करना हमारा प्रधान कर्तव्य है।

उन्होंने जो शिक्षा प्रदान की है, वह अन्य सब महात्माओं द्वारा दी हुई शिक्षा से बढ़कर है एवं जो व्यक्ति पवित्र आत्मा संचालित हैं, वे इसके अंदर छिपी हुई 'मन्ना' (इजराइल के निवासी जब

रेगिस्तान में आहार की कमी से कष्ट पा रहे थे, उस समय ईश्वर ने उनके लिए एक प्रकार की खाद्य-सामग्री बरसाई थी—उसका नाम 'मन्ना' था) प्राप्त करेंगे।

यदि तुम आनंदित हृदय से एवं संपूर्ण रूप से ईसा के वाक्य-तत्त्व में डूबना चाहते हो, तो उनके जीवन के साथ अपने जीवन का संपूर्ण आदृश्य स्थापित करने के लिए अधिक चेष्टावान हो जाओ।

किंतु ऐसा अनेक बार होता है कि बहुत से लोग ईसा के शुभ समाचार को बारंबार सुनकर भी उसकी प्राप्ति के लिए किसी प्रकार की चेष्टा नहीं करते, क्योंकि वे आत्मा द्वारा ईसा में अनुप्राणित नहीं हुए हैं। अतएव यदि तुम आनंदित हृदय से एवं संपूर्ण रूप से ईसा के वाक्य-तत्त्व में डूबना चाहते हो, तो उनके जीवन के साथ अपने जीवन का संपूर्ण आदृश्य स्थापित करने के लिए अधिक चेष्टावान हो जाओ।

'त्रित्ववाद' के संबंध में गंभीर गवेषणा करने से तुम्हें क्या लाभ होगा, यदि तुममें नम्रता का अभाव उस ईश्वरीय त्रित्व को असंतुष्ट करता है?

निश्चय ही उच्च वाक्य-सौंदर्य मनुष्य को पवित्र एवं निष्कपट नहीं बना सकता, किंतु धार्मिक जीवन उसे ईश्वर का प्रिय बनाता है।

अनुताप में हृदय-वेदना सहन करूँगा—उसका सर्वलक्षणयुक्त विवरण जानना नहीं चाहता।

यदि संपूर्ण बाइबिल तथा समस्त दार्शनिकों के मत तुम जानते हो, तो उससे तुम्हें क्या लाभ होगा यदि तुम भगवत्प्रेम तथा ईश्वर कृपा से वंचित हो?

"असार से भी असार, सभी असार है, केवल उनसे प्रेम करना ही सार है, एकमात्र उनकी सेवा करना ही सार है।"

तभी सर्वोच्च ज्ञान तुम्हारा होगा, "जब तुम स्वर्ग राज्य प्राप्त करने के लिए संसार से घृणा करोगे।"

अतएव धन ढूँढ़ना एवं उस नश्वर वस्तु में विश्वास स्थापित करना असार है।

मान ढूँढ़ना अथवा उच्च पद प्राप्त करने की चेष्टा करना भी असार है।

अंत में कठिन दंड भोग कराने वाली शारीरिक वासनाओं के वश में होना तथा उनके लिए व्याकुल होना असार है।

परिदृश्यमान पार्थिव पदार्थ से मन के अनुराग को हटाकर अदृश्य राज्य में हृदय के समुदय प्रेम को प्रतिष्ठित करने की विशेष चेष्टा करो, क्योंकि यदि तुम समस्त इंद्रियों के वश में हो जाओगे, तो तुम्हारी बुद्धिवृत्ति कलंकित हो जाएगी और तुम ईश्वर की दया को खो बैठोगे।

जीवन का सद्व्यवहार करने की चेष्टा न करके दीर्घ जीवन प्राप्त करने की इच्छा असार है।

जहाँ अविनाशी आनंद विद्यमान है, उस स्थान पर शीघ्र ही पहुँचने की चेष्टा न करके अत्यंत शीघ्र विनाशशील वस्तु में प्रेम करना असार है।

उपदेशक के इस वाक्य का सर्वदा स्मरण करो—"नेत्र देखकर तृप्त नहीं होते, कर्ण सुनकर तृप्त नहीं होते।"

परिदृश्यमान पार्थिव पदार्थ से मन के अनुराग को हटाकर अदृश्य राज्य में हृदय के समुदय प्रेम को प्रतिष्ठित करने की विशेष चेष्टा करो, क्योंकि यदि तुम समस्त इंद्रियों के वश में हो जाओगे, तो तुम्हारी बुद्धिवृत्ति कलंकित हो जाएगी और तुम ईश्वर की दया को खो बैठोगे।

द्वितीय परिच्छेद : अपने ज्ञान के संबंध में हीन भाव

स्वभावतः सभी लोग ज्ञानप्राप्ति की इच्छा करते हैं, किंतु ईश्वर से न डरने पर उस ज्ञान से क्या लाभ है ?

अपनी आत्मा की कल्याण चिंता छोड़कर, जो नक्षत्रमंडल की गतिविधि का निरीक्षण करने में व्यस्त है, ऐसे अहंकारी पंडित की अपेक्षा वह दीन कृषक, जो विनीत भाव से ईश्वर की सेवा करता है, क्या निश्चय ही श्रेष्ठ नहीं है ?

जिन्होंने अपने आप को अच्छी तरह से पहचान लिया है, वे अपनी दृष्टि में अति निम्न हैं और मनुष्यों की प्रशंसा से वे किंचिन्मात्र भी आनंदित नहीं हो

सकते। मैं जगत् के समस्त विषयों को भले ही जान लूँ, पर यदि मेरी निस्स्वार्थ सहानुभूति न हो, तो फिर जो ईश्वर मेरे कर्मानुसार मेरा विचार करेंगे, उनके सम्मुख मेरे ज्ञान की उपयोगिता ही क्या?

अत्यंत ज्ञानलालसा को त्याग दो, क्योंकि उससे चित्त अत्यंत विक्षिप्त हो जाता है और भ्रम आ घुसता है।

पंडित होने से ही विद्या प्रदर्शित करने तथा प्रतिभाशाली कहलाने की वासना आ जाती है। इस प्रकार के अनेक विषय हैं, जिनके ज्ञान से किसी प्रकार का आध्यात्मिक लाभ नहीं होता और वे अत्यंत मूर्ख हैं, जो अपने परित्राण में सहायता करने वाले विषयों का परित्याग कर इन सब विषयों में मन को लगाए रहते हैं।

पंडित होने से ही विद्या प्रदर्शित करने तथा प्रतिभाशाली कहलाने की वासना आ जाती है। इस प्रकार के अनेक विषय हैं, जिनके ज्ञान से किसी प्रकार का आध्यात्मिक लाभ नहीं होता और वे अत्यंत मूर्ख हैं, जो अपने परित्राण में सहायता करने वाले विषयों का परित्याग कर इन सब विषयों में मन को लगाए रहते हैं।

वाक्य बाहुल्य से आत्मा की तृप्ति नहीं होती, परंतु साधु जीवन अंतःकरण में शांति प्रदान करता है और पवित्र बुद्धि ईश्वर में निर्भरता स्थापित करती है।

यदि समधिक ज्ञान के साथ-ही-साथ तुम्हारा जीवन भी समधिक पवित्र न हो, तो तुम्हारा ज्ञान एवं धारणाशक्ति जितनी अधिक होगी, तुम्हारा उतना ही अधिक कठोर विचार होगा। अतएव अपनी क्षमता एवं विद्या के लिए बहुप्रशंसित होने की इच्छा न करो, बल्कि जो ज्ञान तुमको दिया गया है, उसको भय का कारण समझो।

यदि इस प्रकार का विचार तुम्हारे अंदर आए कि 'मुझे बहुत से विषयों का ज्ञान है एवं मेरी बुद्धि विलक्षण है', तो स्मरण रखो कि ऐसे अनेक विषय हैं, जिनका तुम्हें ज्ञान नहीं।

ज्ञान के अहंकार में फूलो मत बल्कि अपनी अज्ञता को स्वीकार करो। तुम्हारी अपेक्षा कितने ही पंडित विद्यमान हैं, ईश्वरादिष्ट शास्त्रज्ञान में तुम्हारी

अपेक्षा कितने ही अभिज्ञ लोग मौजूद हैं। इन सभी को देखते हुए भी फिर क्यों तुम अपने को दूसरों की अपेक्षा उच्च समझते हो?

यदि अपने लिए कल्याणप्रद कोई विषय जानना अथवा सीखना चाहते हो, तो संसार में अपरिचित एवं नगण्य होकर रहना पसंद करो।

स्वयं को अपने यथार्थ रूप में जानना, अर्थात् अपने को अत्यंत छोटा समझना सबसे अधिक मूल्यवान तथा उत्कृष्ट शिक्षा है। अपने को छोटा समझना एवं दूसरे को श्रेष्ठ समझना और उनकी मंगलकामना करना ही श्रेष्ठ ज्ञान तथा संपूर्णता का लक्षण है।

यदि यह देखा कि कोई प्रत्यक्ष तौर पर पाप कर रहा है अथवा कोई किसी प्रकार का अपराध कर रहा है, तो भी अपने को श्रेष्ठ न समझो।

हम सभी का पतन हो सकता है; फिर भी, तुम्हारी यह दृढ़ धारणा रहनी चाहिए कि तुम्हारी अपेक्षा अधिक दुर्बल और कोई नहीं है।

तृतीय परिच्छेद : सत्य की शिक्षा

सुखी तो वही मनुष्य है, जिसे सत्य स्वयं ही शिक्षा देता है—नश्वर शब्दों अथवा सांकेतिक चिह्नों द्वारा नहीं, वरन् अपने स्वरूप द्वारा।

हमारा मत एवं हमारी समस्त इंद्रियाँ हमें अत्यधिक धोखा देती हैं, क्योंकि वस्तु का प्रकृत तत्त्व पहचानने में हमारी दृष्टि की गति अत्यंत अल्प है।

गुप्त एवं गूढ़ विषयों का निरंतर अनुसंधान करने से क्या लाभ होगा? उनको यदि न जाना, तो भी अंतिम विचार के दिन ईसाई मत में महाप्रलय के दिन ईश्वर सबका विचार करेंगे एवं पाप या पुण्यानुसार नरक या स्वर्ग प्रदान करेंगे। हम निश्चित न होंगे।

उपकारी एवं आवश्यक वस्तु को त्यागकर स्वेच्छा से केवल उत्सुकता उत्पन्न करने वाले और अपकारी विषय का अनुसंधान करना अत्यंत निर्बुद्धिता का कार्य है। नेत्र रहते हुए भी हम नहीं देख रहे हैं।

न्यायशास्त्र-संबंधी पदार्थों का विचार करने में हम क्यों व्यस्त रहते

हैं ? अनेक संदेहपूर्ण तर्कों से वे ही मुक्त होते हैं, जिन्हें सनातन वाणी उपदेश देती है।

उस अद्वितीय वाणी से सब पदार्थ निःसृत हुए हैं; समस्त पदार्थ उसी वाणी का ही निर्देश कर रहे हैं; वही आदि है और वही हमें उपदेश प्रदान करती है। उस वाणी के बिना न तो कोई कुछ समझ सकता है और न ही किसी विषय पर यथार्थ रूप से विचार ही कर सकता है।

वे ही अचल रूप से प्रतिष्ठित हैं, वे ही ईश्वर में संस्थित हैं, जिनका उद्देश्य केवल एक है, जिनके समक्ष समस्त पदार्थ एक अद्वितीय कारण का निर्देश करते हैं और जो एक ज्योति में ही समस्त पदार्थों का दर्शन करते हैं।

हे ईश्वर, हे सत्य, मुझे अपने साथ अनंत प्रेम में एक कर लो।

बहुत से विषयों को सुनकर तथा उनका पठन कर मैं तो अत्यंत क्लांत हो जाता हूँ; मेरा समस्त अभाव, मेरी सब वासनाएँ तुम्हीं में निहित हैं।

पवित्र, सरल एवं अटल व्यक्ति अनेक कार्य करने पर भी विचलित नहीं होता; क्योंकि वह ईश्वर के माहात्म्य को प्रकाशित करने के लिए ही सब कार्य करता है तथा अपने संबंध में क्रियाशील होने कारण सब प्रकार से स्वार्थशून्य होता है। हृदय के भीतर पैठी हुई आसक्ति से बढ़कर और कौन पदार्थ तुम्हें अधिक सताता या बाधा पहुँचाता है ?

सब आचार्यगण निर्वाक् हो जाएँ, संसार तुम्हारे सामने स्तब्ध हो जाए; हे प्रभो! केवल तुम्हीं बोलो।

मनुष्य का मन जितना ही संयत एवं अंतस्तल से सरल होता है, उतना ही वह गंभीर विषयों में सहज में प्रवेश कर सकता है, क्योंकि उसका मन आलोक पाता है।

पवित्र, सरल एवं अटल व्यक्ति अनेक कार्य करने पर भी विचलित नहीं होता; क्योंकि वह ईश्वर के माहात्म्य को प्रकाशित करने के लिए ही सब कार्य करता है तथा अपने संबंध में क्रियाशील होने कारण सब प्रकार से स्वार्थशून्य

होता है। हृदय के भीतर पैठी हुई आसक्ति से बढ़कर और कौन पदार्थ तुम्हें अधिक सताता या बाधा पहुँचाता है ?

ईश्वरानुरागी साधु पहले से ही अपने मन में निर्धारित कर लेते हैं कि उन्हें कौन-कौन से कार्य करने होंगे ? उन सब कार्यों के करने में वे कभी भी विकृत आसक्तिजनित इच्छा द्वारा प्रेरित नहीं होते, परंतु सम्यक् विचार द्वारा अपने समस्त कार्यों को नियमित करते हैं।

जो आत्मविजय के लिए चेष्टा कर रहे हैं, उनकी अपेक्षा और अधिक कठिन संग्राम कौन करता है ?

स्वयं पर विजय प्राप्त करना; दिन-पर-दिन अपने ऊपर आधिपत्य पाते जाना तथा धर्म में आगे बढ़ते जाना—यही हमारा एकमात्र कर्तव्य है।

इस जगत् में समस्त पूर्णता में ही अपूर्णता विद्यमान है। हमारा कोई भी तत्त्वानुसंधान पूर्णतया संदेहरहित नहीं होता।

गंभीर वैज्ञानिक तत्त्वानुसंधान की अपेक्षा अपने को नगण्य समझना ईश्वरप्राप्ति का निश्चित पथ है।

किंतु विद्या अथवा किसी विषय का ज्ञान निंदनीय नहीं है; क्योंकि वह कल्याणप्रद एवं ईश्वरादिष्ट है।

किंतु सद्बुद्धि और साधुजीवन विद्या की अपेक्षा अधिक वांछनीय है।

बहुत से लोग साधु होने की अपेक्षा विद्वान् होने की अधिक चेष्टा करते हैं; उसका फल यह होता है कि वे बहुधा कुमार्ग में विचरण करने लगते हैं और उनका सारा परिश्रम या तो अत्यल्प फल उत्पन्न करता है या बिल्कुल निष्फल हो जाता है।

अहो ! संदेह पैदा करने में मनुष्य जिस प्रकार यत्नशील रहता है, पाप दूर करके या पुण्य बोने में यदि उसी प्रकार रहता, तो आज पृथ्वी पर इस प्रकार के अमंगल और पापकार्य न होते; धार्मिक लोगों में इस प्रकार को उच्छृंखलता भी न रहती।

अंतिम विचार के दिन निश्चित ही यह न पूछा जाएगा कि तुमने क्या पढ़ा है; पूछा यही जाएगा कि तुमने क्या किया है ? यह न पूछा जाएगा कि तुमने

किस कुशलता से वाक्य-विन्यास किया है, बल्कि धर्म में कहाँ तक जीवन-यापन किया है—यही पूछा जाएगा?

जिनके साथ तुम अच्छी तरह परिचित थे एवं जिन्होंने अपने-अपने व्यवसायों में विशेष उन्नति प्राप्त कर ली थी; वे सब पंडित और अध्यापकगण आज कहाँ है, बता सकते हो?

आज तो अन्य-अन्य व्यक्ति उनके स्थान पर अधिकार ग्रहण कर रहे हैं और निश्चित रूप से कहा जा सकता है कि वे लोग उनके बारे में तनिक भी चिंता नहीं करते। जब तक वे जीवित थे, तभी तक उनकी कुछ गिनती थी; अब कोई उनकी बात भी नहीं करता।

अहो! सांसारिक गरिमा कैसे शीघ्र नष्ट हो जाती है। अहा! उनका जीवन यदि उनके ज्ञान की भाँति होता, तो हम समझते कि उनके अध्ययन और मनन सफल हुए हैं।

ईश्वर की सेवा के लिए किसी प्रकार की चेष्टा न कर, विद्या के कोरे अहंकार में कितने ही लोगों का विनाश होता है?

वे ही वास्तविक महान् हैं, जिनकी सहानुभूति निस्स्वार्थ है।

वे ही वास्तविक महान् हैं, जो अपनी दृष्टि में स्वयं अत्यंत छोटे हैं तथा उच्च पद द्वारा प्राप्त होने वाले सम्मान को भी बहुत ही तुच्छ समझते हैं।

वे ही यथार्थ ज्ञानी हैं, जो ईसा को पाने के लिए समस्त पार्थिव वस्तुओं को विष्ठा की भाँति समझते हैं।

वे ही यथार्थ पंडित हैं, जो ईश्वर की इच्छा से अपने को संचालित करते हैं और अपनी स्वयं की इच्छा त्याग देते हैं।

चतुर्थ परिच्छेद : कार्य में बुद्धिमत्ता

प्रत्येक प्रमाद अथवा मनोवेग जनित इच्छा पर ही हमें विश्वास नहीं कर लेना चाहिए, परंतु सतर्कता एवं धैर्य के साथ उक्त विषय का ईश्वर के साथ जो संबंध है, उस पर विचार करना चाहिए।

अहा! हम इतने दुर्बल हैं कि प्रायः बहुत जल्द दूसरों की प्रशंसा की

अपेक्षा उनकी निंदा पर अधिक विश्वास कर लेते हैं, और जगह-जगह उसका वर्णन करते फिरते हैं।

जो लोग पवित्रता में उन्नत हैं, वे बुरे प्रवादों पर सहसा विश्वास नहीं करते; क्योंकि वे जानते हैं कि मनुष्य की दुर्बलता उसे दूसरों की निंदा करने और झूठ बोलने में अत्यंत प्रबल बना देती है।

जो कार्य में हठी नहीं हैं तथा विशेष विपरीत प्रमाण होने पर भी अपने ही मत को पकड़े रहने का जिनका स्वभाव नहीं है, जो लोग जो कुछ सुनते हैं उसी पर विश्वास नहीं कर लेते और सुनते पर भी उसे तुरंत बताते नहीं फिरते, वे अत्यंत बुद्धिमान हैं।

बुद्धिमान एवं सद्विवेकी लोगों के समीप उपदेश ग्रहण करो और केवल अपनी बुद्धि का ही अनुसरण न करके, तुम्हारी अपेक्षा जो अधिक जानते हैं, उनसे ज्ञान प्राप्त करके उत्तम विवेचना करो।

साधु जीवन मनुष्य को ईश्वर की दृष्टि में बुद्धिमान बनाता है और इस प्रकार का व्यक्ति यथार्थ में बहु-अनुभव प्राप्त करता है। जो अपने को जितना ही नगण्य समझेगा तथा जितने अधिक परिमाण में ईश्वर के इच्छाधीन रहेगा, वह सदैव उसी परिमाण में बुद्धिमान एवं शांतिपूर्ण बना रहेगा।

साधु जीवन मनुष्य को ईश्वर की दृष्टि में बुद्धिमान बनाता है और इस प्रकार का व्यक्ति यथार्थ में बहु-अनुभव प्राप्त करता है। जो अपने को जितना ही नगण्य समझेगा तथा जितने अधिक परिमाण में ईश्वर के इच्छाधीन रहेगा, वह सदैव उसी परिमाण में बुद्धिमान एवं शांतिपूर्ण बना रहेगा।

पंचम परिच्छेद : शास्त्रपाठ

सत्य का अनुसंधान शास्त्र में करना होगा, वाक्चातुर्य में नहीं। जिस परमात्मा की प्रेरणा से बाइबिल लिखी गई है, उसी के सहारे बाइबिल पढ़ना उचित है।

शास्त्र पढ़ने के समय कूट तर्क त्यागकर हमें कल्याण का ही अनुसंधान

करना चाहिए।

जिन ग्रंथों में विद्वत्ता एवं गंभीरतापूर्ण अनेक गहन विषयों का वर्णन है, उन्हें पढ़ने के लिए हमारी जिस प्रकार रुचि होती है, उसी प्रकार अत्यंत सरल रूप से लिखे हुए किसी भक्तिग्रंथ में भी हमारी रुचि होनी चाहिए।

ग्रंथकार की ख्याति अथवा अप्रसिद्धि देखकर अपने मन को विचलित न करो। केवल सत्य के प्रति अपने प्रेम द्वारा प्रेरित होकर तुम अध्ययन करो।

किसने लिखा है, इस बात पर ध्यान न देकर, क्या लिखा है, इसी पर सावधानी से विचार करना चाहिए।

मनुष्य चले जाते हैं, किंतु ईश्वर का सत्य चिरकाल तक रहता है। विभिन्न रूपों में ईश्वर हमसे कह रहे हैं कि उनके पास किसी व्यक्तिविशेष का आदर नहीं है।

शास्त्र पढ़ते-पढ़ते जिन सब बातों को केवल उड़ती नजर से ही देखना उचित है, बहुधा उन्हीं बातों का मर्म जानने तथा उनकी आलोचना करने में हम व्यस्त हो जाते हैं, इस प्रकार हमारी उत्सुकता हमें अनेक बार बाधा पहुँचती है।

शास्त्र पढ़ते-पढ़ते जिन सब बातों को केवल उड़ती नजर से ही देखना उचित है, बहुधा उन्हीं बातों का मर्म जानने तथा उनकी आलोचना करने में हम व्यस्त हो जाते हैं, इस प्रकार हमारी उत्सुकता हमें अनेक बार बाधा पहुँचती है।

यदि भलाई की इच्छा करते हो तो नम्रता, सरलता एवं विश्वास के साथ, और कभी भी 'पंडित' कहलाकर परिचत होने की वासना न रखो।

षष्ठ परिच्छेद : घोर आसक्ति

जब कोई मनुष्य किसी वस्तु के लिए अत्यंत उत्सुक हो जाता है, तब उसकी आभ्यंतरिक शांति नष्ट हो जाती है।

अभिमानी और लोभी लोग कभी शांति नहीं पाते, किंतु नगण्य और विनीत लोग सदैव शांति से जीवनयापन करते हैं। जो मनुष्य स्वार्थ के बारे में

जब भी पूर्ण रूप से उदासीन नहीं हुआ है, वह शीघ्र ही प्रलोभित हो जाता है और अत्यंत साधारण तथा नगण्य विषय भी उसे पराजित कर देते हैं।

जिसकी आत्मा दुर्बल है तथा जो अब भी इंद्रियभोगों में आबद्ध है, उसके लिए काल में उत्पन्न और नष्ट होने वाले इंद्रियगत विषयों में आसक्तिपूर्ण पार्थिव वासना से अपने को विच्छिन्न रखना अत्यंत कठिन है। इसीलिए जब वह अनित्य पदार्थों को किसी तरह त्यागने की चेष्टा करता है, तो उसका मन दुःखी हो जाता है और किसी के तनिक भी बाधा पहुँचाने से वह क्रुद्ध हो उठता है। इसके अतिरिक्त यदि वह कामनाओं के पीछे दौड़ता है, तो फिर उसका मन पाप के भार का अनुभव करता है और उसके फलस्वरूप वह अशांति भोग करता है, क्योंकि जिस शांति को वह ढूँढ़ रहा था, इंद्रियों द्वारा आबद्ध होने के कारण वह उस ओर अग्रसर न हो सका।

अतएव मन में यथार्थ शांति इंद्रियों पर विजय लाभ से ही मिलती है, इंद्रियों का अनुगमन करने से नहीं। अतएव जो व्यक्ति सुख का अभिलाषी है, उसके हृदय में शांति नहीं है; जो व्यक्ति अनित्य बाह्य विषयों का अनुसरण करता है, उसके मन में भी शांति नहीं है; किंतु जो आत्माराम हैं एवं जिनका अनुराग तीव्र है, वे ही शांति के अधिकारी होते हैं।

□

मुहम्मद और इसलाम

सब पुराने धर्मों के आज भी जीवित रहने से प्रमाणित होता है कि उन्होंने निश्चय ही उस उद्‍देश्य को अटूट रखा है। उनके भ्रांत होने पर भी, उनमें विघ्न-बाधा होने पर भी, उनमें विवाद-विसंवाद होने पर भी, उनके ऊपर तरह-तरह के अनुष्ठान और निर्दिष्ट प्रणाली की आवर्जनास्तूप के संचित होने पर भी उनमें से प्रत्येक का हृदय स्वस्थ है—वह जीवंत हृदय की तरह स्पंदित हो रहा है—धड़क रहा है। जो महान् उद्‍देश्य लेकर वे आए हैं, उनमें से एक को भी वे नहीं भूले। उस उद्‍देश्य का अध्ययन करना महत्त्वपूर्ण है। दृष्टांतस्वरूप, मुसलमान धर्म की बात लो। जैसे ही एक आदमी ने मुसलमान धर्म ग्रहण किया, सारे मुसलमानों ने उसकी पिछली बात को छोड़, उसे 'भाई' कहकर छाती से लगा लिया। ऐसा कोई भी धर्म नहीं करता। यदि एक अमेरिकन आदिवासी मुसलमान हो जाए, तो तुर्की के सुलतान भी उसके साथ भोजन करने में आपत्ति न करेंगे और यदि वह शिक्षित और बुद्धिमान हो, तो राज-काज में भी कोई पद प्राप्त कर सकता है, परंतु इस देश में मैंने एक भी ऐसा गिरजा नहीं देखा, जहाँ गोरे और काले पास-पास घुटने टेककर प्रार्थना कर सकें।

हमारी दृष्टि समानता के उस महान् संदेशवाहक पैगंबर मुहम्मद साहब की ओर जाती है। शायद तुम पूछोगे कि उनके धर्म में क्या अच्छाई है? पर यदि उसमें अच्छाई न होती, तो वह आज तक जीवित कैसे रह पाता? केवल शुभ ही जीवित रह सकता है, केवल वही बच रहता है; क्योंकि जो

कल्याणकर है, वही सबल और दृढ़ है और इसलिए वही अनंत जीवन का भी अधिकारी होता है। इस जीवन में भी अपवित्र और दुराचारी का जीवन-काल कितना होता है? क्या पवित्र साधु व्यक्ति उससे दीर्घायु नहीं होता? निश्चित, क्योंकि साधुता ही शक्ति, पवित्रता ही बल है। यदि इसलाम में कोई अच्छाई, कोई शुचिता न होती तो वह आज तक जीवित कैसे रह पाता? नहीं, इसलाम में यथेष्ट अच्छाई है।

पैगंबर मुहम्मद साहब दुनिया में समता, बराबरी के संदेश-वाहक थे। वे मानव जाति में, मुसलमानों में भ्रातृ-भाव के प्रचारक थे। पैगंबर मुहम्मद साहब ने अपने जीवन के दृष्टांत से यह दिखला दिया कि मुसलमान मात्र में संपूर्ण साम्य एवं भ्रातृ-भाव रहना चाहिए। उनके धर्म में जाति, मतामत, वर्ण, लिंग आदि पर आधारित भेदों के लिए कोई स्थान न था। तुर्किस्तान का सुल्तान अफ्रीका के बाजार से एक हब्शी गुलाम खरीदकर, उसे जंजीरों में बाँधकर अपने देश में ला सकता है, किंतु यदि यही गुलाम इसलाम को अपना ले और उपयुक्त गुणों से विभूषित हो, तो उसे तुर्की की शहजादी से निकाह करने का भी हक मिल जाता है। मुसलमानों की इस उदारता के साथ जरा इस देश (अमेरिका) में हब्शियों (नीग्रो) एवं रेड इंडियन लोगों के प्रति किए जाने वाले घृणापूर्ण व्यवहार की तुलना तो करो। हिंदू भी और क्या करते हैं? यदि तुम्हारे देश का कोई धर्म-प्रचारक (मिशनरी) भूलकर किसी 'सनातनी' हिंदू के भोजन को स्पर्श कर ले, तो वह उसे अशुद्ध कहकर फेंक देगा। हमारा दर्शन उच्च और उदार होते हुए भी हमारा व्यवहार, हमारा आचार हमारी कितनी दुर्बलता का परिचायक

> ***पैगंबर मुहम्मद साहब दुनिया में समता, बराबरी के संदेश-वाहक थे। वे मानव जाति में, मुसलमानों में भ्रातृ-भाव के प्रचारक थे। पैगंबर मुहम्मद साहब ने अपने जीवन के दृष्टांत से यह दिखला दिया कि मुसलमान मात्र में संपूर्ण साम्य एवं भ्रातृ-भाव रहना चाहिए। उनके धर्म में जाति, मतामत, वर्ण, लिंग आदि पर आधारित भेदों के लिए कोई स्थान न था।***

है, किंतु अन्य धर्मावलंबियों की तुलना में हम इस दिशा में मुसलमानों को अत्यंत प्रगतिशील पाते हैं। जाति का, वर्ण का विचार न कर, सबके प्रति समान भाव-बंधुभाव का प्रदर्शन—यही इसलाम की महत्ता है, इसी में उसकी श्रेष्ठता है।

इसलाम धर्म अपने सब अनुयायियों को समभाव से देखता है। इसी से तुम देखते हो कि मुसलमान धर्म की यह विशेषता और श्रेष्ठत्व है।

मुसलमान अच्छे-अच्छे पीरों-फकीरों की पूजा करते हैं और नमाज के समय काबा की ओर मुँह करते हैं। यह सब देखकर जान पड़ता है कि धर्म-साधना की प्रथमावस्था में मनुष्यों को कुछ बाह्य अवलंबनों की आवश्यकता पड़ती है। जिस समय मन खूब शुद्ध हो जाता है, उस समय सूक्ष्म-से-सूक्ष्म विषयों में चित्त एकाग्र करना संभव हो सकता है।

मुसलमान अच्छे-अच्छे पीरों-फकीरों की पूजा करते हैं और नमाज के समय काबा की ओर मुँह करते हैं। यह सब देखकर जान पड़ता है कि धर्म-साधना की प्रथमावस्था में मनुष्यों को कुछ बाह्य अवलंबनों की आवश्यकता पड़ती है। जिस समय मन खूब शुद्ध हो जाता है, उस समय सूक्ष्म-से-सूक्ष्म विषयों में चित्त एकाग्र करना संभव हो सकता है।

हम लोगों के सम्मुख एक भ्रांत वक्तव्य दिया गया है कि मुसलमानों का यह विश्वास है कि स्त्रियों की आत्मा नहीं होती है। मुझे यह कहने में बड़ा दुःख हो रहा है कि ईसाई लोगों में यह भ्रांत धारणा बहुत पुरानी है और ऐसा जान पड़ता है कि वे इस भूल को पसंद करते हैं। अब तुम जानते हो कि मैं मुसलमान नहीं हूँ, लेकिन फिर भी मुझे इस धर्म के अध्ययन का अवसर मिल चुका है और 'कुरान' का एक शब्द भी यह नहीं कहता कि महिलाओं की आत्मा नहीं होती, वस्तुतः वह कहता है कि उनमें आत्मा होती है।

इंग्लैंड के पास हथियार हैं, सांसारिक समृद्धि है, वैसे ही जैसे उससे पहले हमारे मुसलमान विजेताओं के पास थी। फिर भी महान् अकबर व्यावहारिक

रूप में हिंदू हो गया था। शिक्षित मुसलमानों, सूफियों को हिंदुओं से अलग कर पाना बहुत कठिन है। वे गोमांस नहीं खाते और दूसरी बातों में भी उनका रहन-सहन हमारे समान है। हमारे विचार उनके विचारों में रम गए हैं।

वेदांत मत की आध्यात्मिक उदारता ने इसलाम धर्म पर अपना विशेष प्रभाव डाला था। भारत का इसलाम धर्म संसार के अन्यान्य देशों के इसलाम धर्म की अपेक्षा पूर्ण रूप से भिन्न है। जब दूसरे देशों के मुसलमान यहाँ आकर भारतीय मुसलमानों को फुसलाते हैं कि तुम विधर्मियों के साथ मिल-जुलकर कैसे रहते हो, तभी अशिक्षित कट्टर मुसलमान उत्तेजित होकर दंगा-फसाद मचाते हैं।

वेदांत मत की आध्यात्मिक उदारता ने इसलाम धर्म पर अपना विशेष प्रभाव डाला था। भारत का इसलाम धर्म संसार के अन्यान्य देशों के इसलाम धर्म की अपेक्षा पूर्ण रूप से भिन्न है। जब दूसरे देशों के मुसलमान यहाँ आकर भारतीय मुसलमानों को फुसलाते हैं कि तुम विधर्मियों के साथ मिल-जुलकर कैसे रहते हो, तभी अशिक्षित कट्टर मुसलमान उत्तेजित होकर दंगा-फसाद मचाते हैं।

चाहे हम उसे वेदांत कहें या और किसी नाम से पुकारें, परंतु सत्य तो यह है कि धर्म और विचार में 'अद्वैत' ही अंतिम शब्द है और केवल उसी के दृष्टिकोण से सब धर्मों और संप्रदायों को प्रेम से देखा जा सकता है। हमें विश्वास है कि भविष्य के प्रबुद्ध मानवी समाज का यही धर्म है। अन्य जातियों की अपेक्षा हिंदुओं को यह श्रेय प्राप्त होगा कि उन्होंने इसकी सर्वप्रथम खोज की। इसका कारण यह है कि वे अरबी और हिब्रू, दोनों जातियों से अधिक प्राचीन हैं, परंतु साथ ही व्यावहारिक अद्वैतवाद का 'जो समस्त मनुष्य जाति को अपनी ही आत्मा का स्वरूप समझता है' तथा उसी के अनुकूल आचरण करता है—विकास हिंदुओं में सार्वभौमिक भाव से होना अभी भी शेष है।

इसके विपरीत, हमारा अनुभव यह है कि यदि किसी धर्म के

अनुयायी व्यावहारिक जगत् के दैनिक कार्यों के क्षेत्र में, इस समानता को योग्य अंश में ला सके हैं, तो वे इसलाम और केवल इसलाम के अनुयायी हैं।

इसलिए हमें दृढ़ विश्वास है कि वेदांत के सिद्धांत कितने ही उदार और विलक्षण क्यों नहीं हों, परंतु व्यावहारिक इसलाम की सहायता के बिना मनुष्य जाति के महान् जनसमूह के लिए वे मूल्यहीन हैं।

हमारी मातृभूमि के लिए इन दोनों विशाल मतों का सामंजस्य—हिंदुत्व और इसलाम—वेदांती बुद्धि और इसलामी शरीर—यही एक आशा है।

मैं अपने मानस-चक्षु से भावी भारत की उस पूर्णावस्था को देखता हूँ, जिसका इस विप्लव और संघर्ष से तेजस्वी तथा अजेय रूप में वेदांती बुद्धि और इसलामी शरीर के साथ उत्थान होगा।

पैगंबर मुहम्मद साहब कहते हैं—

"जो ज्ञान का आदर करता है, वह मेरा आदर करता है। जो ज्ञान की खोज में घर बार छोड़ देता है, वह अल्लाह के रास्ते पर चलता है।"

वह व्यक्ति को सही और गलत में विवेक करने के योग्य बनता है। वह जन्नत के रास्ते को उजला करता है, वह रेगिस्तान में हमारा दोस्त है, एकाकीपन में हमारा समाज है, मित्रहीन का साथी है। वह हमें खुशियों का रास्ता दिखाता है, वह मुसीबतों में हमारी रक्षा करता है, वह दोस्तों के बीच एक भूषण है और दुश्मनों के खिलाफ कवच है।

रात को एक घंटे ज्ञान दान करना रात भर इबादत करने से बेहतर है।

वह व्यक्ति को सही और गलत में विवेक करने के योग्य बनता है। वह जन्नत के रास्ते को उजला करता है, वह रेगिस्तान में हमारा दोस्त है, एकाकीपन में हमारा समाज है, मित्रहीन का साथी है। वह हमें खुशियों का रास्ता दिखाता है, वह मुसीबतों में हमारी रक्षा करता है, वह दोस्तों के बीच एक भूषण है और दुश्मनों के खिलाफ कवच है।

थोड़ा काम भी ज्ञान के साथ लाभ देता है और ज्यादा काम जहालत के साथ फायदा नहीं देता।

हर चीज के लिए एक रास्ता है और स्वर्ग का रास्ता ज्ञान है। जो ज्ञान की चाह में है, तो स्वर्ग उसकी चाह में है और जो गुनाह की चाह में है, तो नर्क की आग उसकी चाह में है।

□

स्वामी विवेकानंद : महत्त्वपूर्ण तिथियाँ

- 12 जनवरी, 1863 : कलकत्ता में जन्म
- सन् 1879 : प्रेसिडेंसी कॉलेज में प्रवेश
- सन् 1880 : जनरल एसेंबली इंस्टीट्यूशन में प्रवेश
- नवंबर 1881 : श्रीरामकृष्ण परमहंस से प्रथम भेंट
- सन् 1882-1886 : श्रीरामकृष्ण परमहंस से संबद्ध
- सन् 1884 : स्नातक परीक्षा उत्तीर्ण; पिता का स्वर्गवास
- सन् 1885 : श्रीरामकृष्ण परमहंस की अंतिम बीमारी
- 16 अगस्त, सन् 1886 : श्रीरामकृष्ण परमहंस का निधन
- सन् 1886 : वराह नगर मठ की स्थापना
- जनवरी 1887 : वराह नगर मठ में संन्यास की औपचारिक प्रतिज्ञा
- सन् 1890-1893 : परिव्राजक के रूप में भारत भ्रमण
- 24 दिसंबर, 1892 : कन्याकुमारी में
- 13 फरवरी, 1893 : प्रथम सार्वजनिक व्याख्यान, सिंकदराबाद में
- 31 मई, 1893 : मुंबई से अमेरिका रवाना
- 25 जुलाई, 1893 : वैंकूवर, कनाडा पहुँचे
- 30 जुलाई, 1893 : शिकागो आगमन

- अगस्त 1893 : हार्वर्ड विश्वविद्यालय के प्रो. जॉन राइट से भेंट
- 11 सितंबर, 1893 : धर्म महासभा, शिकागो में प्रथम व्याख्यान
- 27 सितंबर, 1893 : धर्म महासभा, शिकागो में अंतिम व्याख्यान
- 16 मई, 1894 : हार्वर्ड विश्वविद्यालय में संभाषण
- नवंबर 1894 : न्यूयॉर्क में वेदांत समिति की स्थापना
- जनवरी 1895 : न्यूयॉर्क में धर्म-कक्षाओं का संचालन आरंभ
- अगस्त 1895 : पेरिस में
- अक्तूबर 1895 : लंदन में व्याख्यान
- 6 दिसंबर, 1895 : वापस न्यूयॉर्क
- 22-25 मार्च, 1896 : हार्वर्ड विश्वविद्यालय में व्याख्यान
- 15 अप्रैल, 1896 : वापस लंदन
- मई-जुलाई 1896 : लंदन में धार्मिक-कक्षाएँ
- 28 मई, 1896 : ऑक्सफोर्ड में मैक्समुलर से भेंट
- 30 दिसंबर, 1896 : नेपल्स से भारत की ओर रवाना
- 15 जनवरी, 1897 : कोलंबो, श्रीलंका आगमन
- 6-15 फरवरी, 1897 : मद्रास में
- 19 फरवरी, 1897 : कलकत्ता आगमन
- 1 मई, 1897 : रामकृष्ण मिशन की स्थापना
- मई-दिसंबर 1897 : उत्तर भारत की यात्रा
- जनवरी 1898 : कलकत्ता वापसी
- 19 मार्च, 1899 : मायावती में अद्वैत आश्रम की स्थापना
- 20 जून, 1899 : पश्चिमी देशों की दूसरी यात्रा
- 31 जुलाई, 1899 : लंदन आगमन

- 28 अगस्त, 1899 : न्यूयॉर्क आगमन
- 22 फरवरी, 1900 : सैन फ्रांसिस्को में
- 14 अप्रैल, 1900 : सैन फ्रांसिस्को में वेदांत समिति की स्थापना
- जून 1900 : न्यूयॉर्क में अंतिम कक्षा
- 26 जुलाई, 1900 : यूरोप रवाना
- 24 अक्तूबर, 1900 : वियना, हंगरी, कुस्तुंतुनिया, ग्रीस, मिस्र आदि देशों की यात्रा
- 26 नवंबर, 1900 : भारत को रवाना
- 9 दिसंबर, 1900 : बेलूड़ मठ आगमन
- जनवरी 1901 : मायावती की यात्रा
- मार्च-मई 1901 : पूर्वी बंगाल और असम की तीर्थयात्रा
- जनवरी-फरवरी 1902 : बोध गया और वाराणसी की यात्रा
- मार्च 1902 : बेलूड़ मठ में वापसी
- 4 जुलाई, 1902 : महासमाधि

□□□